KB185236

수키와 니니

수키
와
니니

박서연
장편소설

한끼
Han ki:

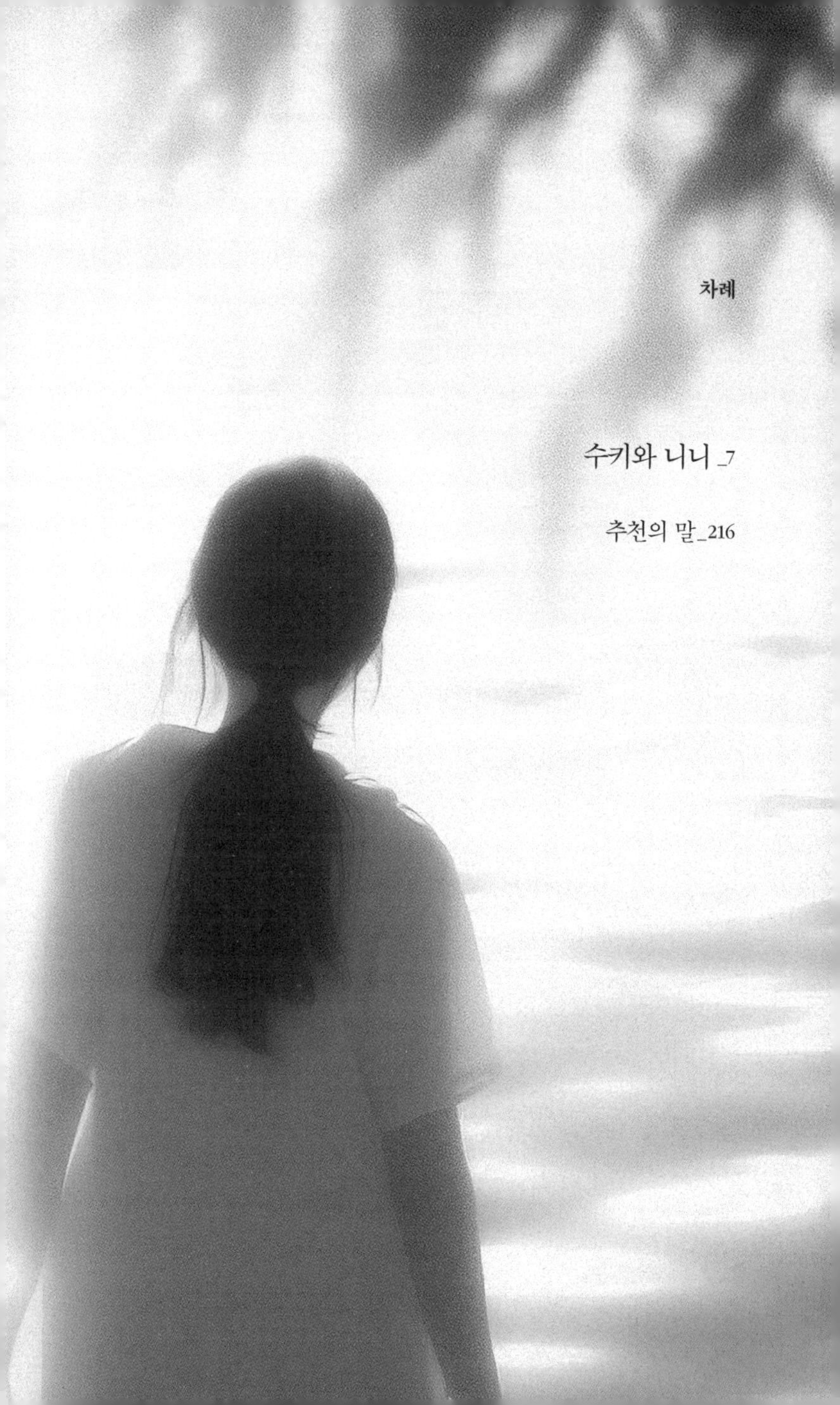

차례

‡2000‡

멸망을 예언하던 이들을 비웃듯 새천년 지구의 첫 아침은 태연히 밝아왔다. 스무 살이 된 나는 하룻밤 새 어른이 된 거라 믿어 의심치 않았지만, 현실은 어쩌다 하루를 더 살게 된 열아홉에 가까웠다.

그날 아침, 나는 침대 위에서 앞으로 벌어질 일들에 대해 설레는 상상들을 부풀렸는데, 그중에 실제로 일어난 일은 단 한 가지도 없다. 인생은 개구쟁이 같은 구석이 있어서 앞날을 상상하면 할수록 미래를 엉뚱한 방향으로 틀어 버리는 경향이 있다는 니니의 말처럼 나의 스물은 시작부터 예상을 크게 빗나갔다.

점심을 먹고 난 뒤 엄마가 꿋꿋이 숙희 이모라고 부르던 수키에게 신년 엽서 같은 전화가 걸려 왔을 때만 해도 나는 머지않아 내가 지구 반대편으로 떠나게 되리란 것을 예감은커녕 상상도 못 하고 있었다.

무슨 날이면 수키는 의례적으로 엄마에게 전화를 걸어 왔다. 마루에 있는 전화기 한 대를 온 식구가 공유하던 시절부터 있던 일이었고, 어릴 땐 내가 몇 번인가 그 전화를 받아 엄마에게 수화기를 넘겨준 적도 있었다.

그럴 때면 수키는 "주희니?" 하고 물었다가, 내가 "아니요, 은재인데요." 하면 머쓱해하며 언니와 사이좋게 지내는지, 학교는 잘 다니는지, 동네에 마음 맞는 친구는 있는지, 어디 작은 수첩에 적어둔 질문을 읽는 것처럼 형식적으로 내 안부를 묻고는, 그 끝에 어린아이에겐 과하게 정중해서 나로 하여금 잠시 목이 메게 만들던 목소리로 엄마를 바꿔줄 수 있겠냐고 물었다. 그럼 나는 우습게도 대답을 하는 대신 고개만 끄덕여놓고 구조대를 부르듯이 "엄마!" 하고 소리를 지르곤 했다.

종종걸음으로 달려와 수화기를 낚아채는 엄마의 얼굴에는 어린아이의 것 같은 환희가 어려 있었고, 이어 터져나오는 목소리도 평소보다 반 옥타브 정도 높아졌는데, 그

때마다 엄마가 영 낯설게 느껴졌던 기억이 난다. 그 모습을 멍하니 바라보고 있자면 엄마는 늘 휘휘 손을 내저어 나를 쫓아내려 했다.

나는 숙희 이모의 질문에 성실히 답한 후에 엄마를 불러달란 부탁까지 들어주었는데도 그 자리에서 쫓겨나야 한다는 사실이 어쩐지 억울해 머뭇거리다, 엄마가 수화기 밑부분을 손바닥으로 막은 채 "저쪽에 가 있어!" 하면 그제야 마지못해 걸음을 떼곤 했다.

수키는 엄마의 이종사촌이었는데, 수키를 향한 엄마의 마음은 거의 동경에 가까웠다. 남자 사촌들도 못 간 명문대에 장학금을 받고 입학한 숙희 이모에 대해 이야기할 때면 엄마의 어깨가 으쓱해질 정도였다. 그래서인지 수키의 전화를 받아 든 엄마는 항상 들떠 있었는데, 엄마가 나를 휘휘 내쫓는 것이 수키와의 통화를 방해받고 싶지 않아서인지, 아니면 수줍은 소녀 같은 모습을 딸에게 보이기 민망했던 것인지 알 수 없었다.

갓 스물이 되었던 그날 아침에도 나는 곧 휘이휘이 물러나야 할 것을 미리 짐작하며 전화기를 엄마에게 넘겼다.

그러나 몇 걸음 떼지 않았을 때 엄마가 내 이름을 불렀다. "은재야."가 아니라, "은재?" 하고. 반사적으로 뒤를 돌아보자, 엄마는 곤란한 일이 있을 때 으레 그래왔듯 아랫입술을 살짝 깨물고는 발아래를 내려다보며 잠잠히 수화기 너머의 말을 듣다가 이내 답했다.

"알았어, 가고 싶은지 한번 물어볼게."

그리고 내 쪽을 돌아본 엄마는 손을 바깥쪽으로 내저으며 '저쪽에 가 있어.'라는 말을 대신했다. 대체 나를 두고 무슨 이야기가 오간 것인지 궁금했지만 딱히 대단한 것은 아니리라 생각했다. 그저 종전에 본 엄마의 난처한 얼굴을 떠올리며, 내가 무언가를 실수한 것일까 싶어 마음이 묵직해졌을 뿐이었다.

✟

한 달 후, 서울에서 수천 킬로미터 떨어진 공항에서 처음 수키를 보았을 때, 나는 그녀를 알아보지 못했다. 비행기에서 내리기 전, 수차례 수키가 5년 전 엄마에게 보낸 사진을 눈여겨봐 두었는데도 소용이 없었다. 입국장을 나서며 주변을 휘둘러보았을 때 어두운 자줏빛 코트를 입은 그녀에게 시선이 갔지만, 그때는 그녀가 나를 마중 오기로 했던 숙희 이모일 거라곤 상상도 못 했다.

수키의 잿빛이 도는 백발은 귀 뒤로 가지런히 넘겨져 어깨 근처에서 구불거렸고, 오뚝한 콧날엔 붉은 기가 도는 뿔테 안경이 걸쳐져 있었으며, 하얀 피부는 창백하다 못해 다소 탁한 기운이 돌았다. 그녀는 서편 출구 쪽 공중전화기를 마주 보는 의자에 앉아서 자신의 두 손을 내려다보고 있었는데, 그 안에 맑은 물이 고이고 별들이 어리기라도 한 것처럼 온 정신을 거기에 다 빼앗겨 있었다.

나중에 니니에게 그때 이야기를 하니, 까르르 웃으며 말해주었다.

"손금을 보고 있었던 걸 거야. 고향에 살 때 친구에게 손금 보는 법을 배웠대. 근데 손금이란 게 계속 변한다더라, 다가올 운명 그리고 내가 생각하고 살아가는 모습에 따라. 한쪽 손은 타고난 운명을, 다른 쪽 손은 만들어가는 운명을 보여주고, 두 손바닥 손금에 차이가 많은 사람은 좋은 쪽으로든 나쁜 쪽으로든 자기 운명을 많이 벗어나 살아온 거래. 근데 수키는 다른 사람 손금은 봐주지 않아. 손금 보는 방법을 간단히 알려주긴 했는데, 난 그런 건 믿지 않아서 벌써 까먹었어. 수키는 과거를 반성하거나 미래를 계획하기 위해서가 아니라, 자신의 운명과 삶을 이해하고 기억해 두기 위해서 손금을 읽는댔어. 한 사람의 인생을 가장 잘 이해할 수 있는 사람은 자신뿐이고, 가장 많은 걸 기억할 수 있는 사람도 자신뿐이니까, 스스로 이해하고 기억하지 않으면 고생스럽게 지켜온 생이 너무 아까운 것 같다나."

수키의 집에 머무는 동안, 종종 공항 벤치에서 가만히 두 손을 내려다보던 수키를 떠올려 보곤 했다. 손금으로 난 길을 따라 그녀가 과거의 어느 지점으로 빨려 들어가 있었기 때문에 마치 속이 빈 것처럼 보였던 걸까, 하는 엉뚱한 생각을 하면서.

그 뒤로도 수키는 자주 속이 비어버리곤 했다. 밥을 먹다가도, 함께 차를 마시며 이야기를 하다가도 문득 영혼이 어딘가로 끌려가 몸만 남겨진 것처럼 멍해지곤 했다. 나는 의당 수키의 영혼이 과거에 가 있겠구나 여기곤 했는데, 훗날 수키와 이야기해 본바 영 틀린 생각은 아니었던 것 같다. 어쩌면 수키는 과거를 위해 현재를 살아냈는지 모른다. 미래를 위해 현재를 사는 대부분의 사람과는 달리.

나는 손금을 내려다보던 수키에게서 어렵사리 시선을 거두고는 공항 복도를 길게 여러 번 가로지르며 사진으로 익혀둔 얼굴을 찾아 헤맸다. 사진 속 수키는 거대한 폭포를 배경 삼아 니니와 함께 어깨동무를 하곤 크게 미소 짓고 있었는데, 그 사진이 주는 분위기 때문에 나는 수키가 활달하고 수다스러운 사람일 거라고 멋대로 예상하고 있었다. 저 구석에 앉아 나를 기다리고 있기보다는, 과하게 낙천적인 성향 탓에 약속 시간을 지키지 못해 어느 방향에선가 부랴부랴 뛰어와 나를 찾아내 줄 것 같았다.

사실 짧은 통화 속 수키의 목소리와 조심스러운 말투를 생각하면 그런 착각을 했던 게 우습다. 아마 수키가 밝고 허물없는 사람이길 바라는 마음에, 오랜 경험에서 비롯된 이미지를 슬쩍 밀어냈을 것이다. 막 스무 살이 된 나는 수키만이 아니라 만물을 그런 식으로 바라보았다. 있는 그대로가 아니라, 내가 원하는 바에 가깝게 자르고 틀어 보는 능력이 있었다. 그 시절 기억에 특별한 아름다움이 있다면, 아마 8할은 그 능력에 기인한 것이리란 생각이 든다.

약속한 시간이 한참 지났는데도 수키를 찾지 못하자 겁이 나기 시작했다. 핸드폰 로밍도 안 되던 시절이라, 대신 공중전화기를 찾았는데 뭐가 문제인지 전화가 걸리지 않고 수화기 너머에서 알아들을 수 없는 말만 흘러나왔다. 종종거리다 맥이 빠져 관상목이 심어진 거대한 화분 옆에 주저앉아 있는데, 머리 꼭대기에서 익숙한 목소리가 들려왔다.

"은재니?"

얼른 고개를 들어보니, 저쪽 벤치에서 자주색 코트를 입은 채 두 손을 들여다보고 있던 여자의 얼굴이 눈에 들어왔다. 그녀가 수키라는 것을 알아차린 나는 얼떨떨한 나머지 바로 대답을 하지 못하고 빤히 그녀의 얼굴을 들여다보기만 했다.

다시 한번 그녀가

"은재 맞지?"

했을 때는 어쩐지 눈물이 쏟아질 것 같아 이를 악물었다. 차마 대답을 못 하고 크게 고개를 끄덕이자, 기다렸다는 듯 수키의 얼굴에 미소가 번졌다. 그제야 나는 그녀가 비행기 안에서 내내 들여다보았던 사진 속 수키, 내가 찾아 헤매던 바로 그 사람이라는 것을 확신할 수 있었다.

‡2020‡

작년 겨울, 20년 만에 본 수키는 밀랍 인형 같았다. 피부색이 조금 투박하게 표현되었지만 감쪽같이 잘 만들어져 사진으로 그럴듯하게 찍어놓으면 진짜 사람과 구분하기 어려울 만한 인형.

눈앞의 수키가 아직 살아 있는 사람이라는 게 의아하게 느껴져, 나는 쉽사리 방 안으로 걸음을 옮기지 못했다. 침실 앞까지 나를 따라왔던 요양 보호사는 4분의 1쯤 열려 있던 문을 얌전히 젖혀주곤 홀연히 사라져 버렸다.

수키의 방을 들여다보는 일은 처음이었지만 그녀의 거실이나 그녀의 주방, 그녀의 복도에서 느꼈던 것과 별다를

게 없는 분위기였으므로 낯선 느낌은 없었다. 가구들도 언젠가 본 것 같은 모양새였고, 침구의 색감이나 패턴도 눈에 익었다. 수키의 집 안 어디서나 맡아지던 알싸한 향기도 거기 있었는데, 오랜 시간이 지났음에도 스스로가 그 향기를 기억하고 있다는 사실보다, 수키의 집이 여전히 그 향기를 간직하고 있다는 사실이 나를 더 놀라게 했다.

수키는 창가에 바투 붙어 있는 침대에서 상체를 반쯤 일으켜 여러 개의 베개에 기댄 채 앉아 있었다. 이런저런 기척을 들었을 텐데도 수키는 이쪽을 돌아보지 않았다. 침대와 마주한 벽에 걸린 티브이에 멍하니 시선을 빼앗긴 상태였다. 소리는 없었다. 티브이가 고장 난 것인지, 내가 듣지 못하는 것인지, 화면에 나오고 있는 것이 무성영화인지 알 수 없었다.

웃으며 나를 반기는 수키는 상상조차 되지 않았지만, 적어도 그런 무심한 모습을 마주하게 될 줄은 몰랐다. 찾아와 달란 수키의 부탁을 들어주기 위해 10시간 넘게 비행기를 타고 그 자리에 와 있는 것인데도, 어쩐지 오지 말아야 할 곳에 온 것 같은 이상한 기분이 들었다. 수키가 나

를 보고 싶어 한단 엄마의 말이 순 거짓말이었을지도 모른
단 생각이 들기도 했다.

"죽어가는 사람이 애원하듯 말하는데 어쩌겠니. 세민이
봐주는 일만 아니었어도 내가 거기서 너 올 때까지 기다렸
다가 같이 돌아오면 좋았을 텐데. 엄마 봐서라도 다녀와,
딸. 그냥 저렇게 보내버리면 내내 마음에 남을 것 같아서
그래."

엄마가 그렇게까지 부탁하지 않았더라도 나는 수키를
만나러 갔을 것이다. 그녀가 나를 보고 싶어 한다는 말 한
마디면 충분했다. 20년 전, 그녀의 집을 떠나던 날 이래로
줄곧 그 한 마디를 기다리고 있었으니까. 수키는 예의상으
로도 보고 싶다거나, 또 놀러 오라거나 하는 말을 한 적이
없었다. 잘 지낸다, 하면 그것으로 끝이었고 직접 통화를
하는 일조차 손에 꼽을 만큼 드물었다.

우리는 엄마를 통해 서로의 안부를 묻는 것으로 족했
다. 굳이 만나거나 통화를 해야 할 특별한 이유 같은 건 잘
생기지 않았다. 내 결혼 소식을 전했던 마지막 통화 이후
내 인생에나 수키의 인생에나 유별난 일은 없었다.

단지 그렇고 그런 일들, 당사자에겐 크게 느껴질지 몰라도 다른 사람들 눈엔 살다 보면 흔히 벌어지는 시시한 사건들만이 벌어졌고, 그마저 서로가 알게 되었을 때에는 어떤 식으로든 이미 지나가 버린 일이 되어 있었다. 비행기로 채 하루도 걸리지 않는 거리에 살고 있었지만, 우리의 삶은 멀리 떨어진 별의 빛을 보듯 시간차를 두고 서로에게 보이곤 했다.

덩그러니 문가에 선 채로, 나는 수키와 티브이 화면을 번갈아 쳐다보며 그녀가 나를 불러주길 기다렸다. 마침내 영화가 멎고 광고가 시작되자, 그제야 수키가 내가 서 있는 방향으로 찬찬히 고개를 돌렸다. 분명 눈이 마주쳤지만 수키는 나를 보고 있는 것 같지 않았다. 내 존재가 투명해서 그 뒤의 어떤 것을 볼 수 있는 것처럼 시선이 나를 꿰뚫고 지나가 버렸다.

"니니?"

수키가 나직한 목소리로 웅얼거렸을 때, 나는 정말 등 뒤에 니니가 와 있는 것일까 싶어 뒤를 돌아볼 뻔했다. 그러나 몸이 굳은 것처럼 움직이지 않았다. 그간의 사정을 듣기 전인데도 니니가 거기 있을 리 없다는 것을 미리 알아차린 것처럼.

머지않아 나를 지나쳐 버렸던 수키의 시선이 되돌아왔다. 그리고 그녀가 내 이름을 불렀을 때, 반가움이든 슬픔이든 애틋함이든 무엇 하나 묻어나지 않는 무미한 목소리였음에도 일순 가슴이 일렁였다.

수키 때문이 아니었다. 문득 묘한 예감이 일어서였다. 다시는 니니를 볼 수 없을 것 같다는, 예감이란 단어를 붙이기 우스울만큼 때늦은.

‡2000‡

수키는 공항에서 가까운 도시 외곽의 작은 동네에 살았다. 동네 중심에는 트램이 다니는 도로를 끼고 낮은 건물들이 늘어서 있었는데, 틈 없이 붙은 색색의 서양식 건물들과 쨍한 초록색 트램, 반질반질한 돌들이 깔린 도로, 읽을 수 없는 글씨로 쓰인 간판이나 낯선 이정표 따위에 시선을 빼앗겼던 기억이 난다.

중심가에서 몇 블록을 내려가 길을 건너면 수키의 집 근처 가로수 길이 나왔다. 좁은 길을 따라 전에 본 적 없는 나무들이 줄지어 있었는데, 수키가 말해준 이름은 잊었지만 그 나무를 영어로 라임이라고도 부른다고 했던 건 기억난다. "라임이 열리지 않는 라임나무지." 하는 수키의 말이

의아했지만 미처 영문을 묻지 못했다.

그 길 끝자락에서 모퉁이를 돌면 연한 레몬색으로 벽을 칠한 수키의 이층집이 보였다. 그 집에 머무는 동안, 나는 끝까지 시차에 적응하지 못했는데 엄밀히는 하지 않은 것이라고 볼 수 있었다. 낮에 혼자 미술관이니 박물관이니 하는 곳들을 돌아다니는 일보다, 밤에 니니와 방구석에서 노는 일이 더 즐거웠기 때문이다.

만일 밤의 유희가 따로 없었더라면 결국 시차에 적응하고 수키와 더 많은 시간을 보낼 수 있었을지 모른다. 그러나 나는 수키가 그것을 부담스러워하리라 확신했기에 놓쳐버린 기회들을 아쉬워하지 않았다. 도리어 그렇게 그녀의 고요한 사생활을 지켜주는 것이 최소한의 예의처럼 느껴졌다.

나는 수키에 대해 궁금한 점이 있으면 니니에게 물었다. 니니를 대하기가 더 편하기도 했지만, 그편이 수키 본인에게 묻는 것보다 빠른 길처럼 여겨진 탓이었다.

"우리 할아버지가 수키를 여기로 데려왔대. 수키가 만든 수식이 아름다워서. 수키는 원래 철학을 공부했었는데,

더는 전처럼 인간과 삶을 사랑할 수 없어서 그만두었다더라. 엄마와 수키는 닮은 구석이 하나 없는데도 금세 친해졌댔어. 수키의 의견은 반영하지 않은 엄마 혼자 생각 같지만. 여섯 살 생일에 엄마와 집을 나온 뒤로, 우리는 여기서 수키에게 빌붙어 살았어. 그러다 엄마가 염치없게도 어린 나를 남겨놓은 채 영영 도망을 가버렸고.

나를 여기 계속 살게 하려고 수키가 많이 노력했지. 이제 엄마랑 산 시간보다 수키랑 산 시간이 더 길어. 엄마가 사라지고 두 달쯤 되었을 때, 수키는 저 작고 동그란 의자에 날 앉혀놓고 자긴 그 앞에 무릎을 굽혀 앉더니, 뚱한 내 얼굴을 골똘히 바라보며 말했어. 사람이 관계를 담보해 줄 수 있을진 몰라도 관계가 사람을 담보해 주는 건 아니야, 하고.

수키는 내가 여덟 살 꼬마라는 걸 잊은 것 같았어. 그 뒤로도 어린 나로선 이해할 수 없는 말들을 늘어놓았지. 더 나은 이상을 가졌다고 해서 더 선한 사람이 되는 건 아니야, 비겁한 사람이라고 해서 특별히 더 나쁜 사람인 것도 아니고, 하는 식으로. 그래 놓곤 조그맣던 내 두 손을 꼬옥 움켜쥐고 말했지. 이제 우리 어제 사 온 아이스크림을 먹어 볼까? 하고. 그때는 오로지 그 말만이 의미 있게 들렸어."

수키의 집에서 지내는 동안 내가 알아야 할 것이나 알고자 하는 대부분을 니니를 통해 알아냈다. 첫날 집 안 구석구석을 구경시켜 주고, 내가 지낼 2층의 작은방에 데려가 히터를 켜는 법이나 잘 열리지 않는 창문을 밀어 여는 요령을 알려준 사람도 니니였다. 느지막이 일어난 내가 혼자 요기를 할 수 있도록 냉장고에 뭐가 있고, 찬장 어디에 뭐가 있는지, 토스터나 커피 머신 따위의 사용법을 일일이 설명해 준 사람 역시 니니였다.

수키는 니니에게 만사를 맡겨둔 채 속 편히 나를 내버려두었는데, 귀찮아 방관했다기보다 또래 여자아이들끼리의 화기애애한 분위기를 해치지 않기 위해 가능한 거리를 두려는 느긋한 어른의 태도에 가까웠다.

니니가 처음 내 시야에 들어온 건, 수키의 집에 막 도착해 캐리어를 문간에 세워둔 채 거실 소파에 앉아 마실 것을 가지러 간 수키를 멀뚱히 기다릴 때였다. 아무리 가벼운 사람이라도 버거워하며 끼익거릴 것 같은 낡은 목재 계단의 울음소리가 귀를 먼저 사로잡았다. 그리고 스윽스윽 무거운 걸음을 끄는 소리가 얼마쯤 이어지더니, 따로 문이 달리지 않은 거실 입구에 니니가 모습을 드러냈다.

가늘어 잘 빗어주지 않으면 엉키고 마는 갈색 머리를 어깨 한쪽으로 부스스 헝클어뜨린 채, 막 낮잠에서 깨어난 고양이처럼 나른한 몸짓으로 다가오던 니니의 눈은 반 이상 감겨 있었는데, 소파에 내가 앉아 있다는 사실도 채 인지하지 못하고 잠결에 몸이 움직이는 대로 걷는 것처럼 보였다.

영 지워지지 않을 것 같은 베개 자국, 작고 붉은 두 개의 뾰루지, 품이 큰 리넨 원피스 아래로 드러난 긴 종아리의 작게 긁힌 생채기, 가느다란 흰 팔목에 아슬아슬 걸쳐진 색색의 실로 짠 소원 팔찌, 까칠해 보이는 아랫입술의 창백함과 깊고 퀭한 눈두덩이의 옅은 그늘 따위가 차례차례 시선을 사로잡았지만, 뒤늦게 두 개의 투명한 눈동자에 시선이 닿았을 때 이전에 보았던 것들은 까맣게 잊혔다.

순간 공기가, 시간이, 세계가, 삶이, 그리고 내가, 완전히 다른 어떤 것이 되어버린 기분이 들었다.

단순히 반했다, 라는 말로는 설명할 수 없는 감각이었다. 그보단 지구가 갑자기 반대 방향으로 돌기 시작했다, 라는 말이 더 어울리는 순간이었다. 설렘 같은 어설픈 감정이 밀려올 틈조차 없었다. 가슴속이 무언가로 가득 차버렸는데 그것이 무엇인지 도통 헤아릴 수 없었다. 단 한 가지 확신할 수 있었던 건 그 순간 내 인생의 흐름이 바뀌었고, 그렇게 만든 저 사람을 영원히 잊지 못하리라는 것뿐이었다.

그러나 순간은 그 이름처럼 단숨에 지나가 버렸고, 나는 곧바로 정신을 차렸다. 방금 이 경험이 어떤 것이었든 간에 나는 그것을 현실로 치지 않았다. 먼 곳에 와서 기분이 영 이상해진 모양이라 생각했다. 그리고 그 이상한 기억을 멀찍이 치워두었다. 오랜 세월이 흐른 뒤에야 다시 꺼내볼 수 있도록.

그런 방면에서 스스로 질릴 만큼 능란한 냉정함을 지녔던 나는 니니가 곁에 와 앉아 뻔한 인사를 건넬 때쯤엔 평상시처럼 차분한 상태가 되었고, 우리는 신입생 환영회에서 우연히 옆자리에 앉은 아이들처럼 어색한 대화를 이어갔다. 얼마 지나지 않아 투명하고 긴 유리잔에 담긴 오렌지 주스와 오목한 하늘색 그릇에 담긴 한 무더기 캐러멜 쿠키를 들고 수키가 돌아왔는데, 내 옆의 니니를 발견한 그녀의 얼굴에 안도의 기색이 어렸던 건 어쩌면 내 착각이었을지 모른다.

그 뒤로 애써 피하려던 건 아니지만, 피하려 했대도 별다를 게 없었을 거라 여겨질 만큼 수키와 함께한 시간이 적었다. 저녁 식사를 할 때나, 식후 응접실에 모여 앉아 가벼운 이야기를 나누던 30여 분 외에는 마주치는 일조차 드물었다. 나는 분명 수키의 손님이었음에도 니니의 손님인 것처럼 지냈고, 나중에는 아예 나 자신이 손님이라는 사실을 잊었다.

새벽녘까지 니니와 떠들고 밝아오는 해와 함께 잠들었다가 느지막이 일어나 보면, 이미 수키와 니니는 각자 볼일을 보러 나가고 없었다. 덕분에 나는 온 집 안을 독차지할 수 있었는데, 첫날은 누가 몰래 지켜보다 트집을 잡아 내쫓기라도 할 것처럼 조심스러웠지만, 시간이 지날수록 그 공간이 애초에 나를 위해 마련된 듯 편해졌다.

고요하고 아늑한 이층집을 독차지한다는 게 어쩌나 달콤한 일인지, 밖으로 나가 새롭고 낯선 것들을 구경할 호기심 같은 건 하찮게 여겨졌다. 밤에는 니니와 대화를 나누고, 오후에는 아늑한 빈집을 혼자 누리느라 그 도시에서 가장 유명하다는 대성당 근처에도 가보지 않고 한 달 가까운 시간을 대체로 집 안에 틀어박혀 보냈다.

서울에 돌아와 주변 사람들에게 관광 책자에 나오는 것들을 죄다 직접 본 것처럼 이야기했는데 용케 모두를 속였다. 거짓말을 하는 게 달갑진 않았지만 그 멀리까지 가서 집에만 박혀 있었다고 하면, 다들 내가 대단한 것을 잃어버리고 온 것처럼 안타까워하거나 한심스러워할 테고, 무엇보다 엄마가 다시는 해외여행을 허락하지 않으리라 선언할까 두려웠다. 남들이야 어찌 생각하든 나는 그때의 선택을 후회해 본 적이 없다.

똑똑. 수키의 집에 도착한 첫 밤, 두 번의 조심스러운 노크 소리와 함께 찾아왔던 니니는 이후 의당 그러기로 약속된 것처럼 밤마다 내 방에 찾아와 어둠이 옅어지기 시작할 때까지 이야기를 나누다 돌아가곤 했다. 처음엔 시차 적응을 못 해 뜬눈으로 밤을 지새울 나를 배려한 것인가 했는데 나중에는 그 애 자신이 그 시간을 즐기고 있다는 걸 느낄 수 있었다.

니니에겐 아무것도 아닌 순간을 특별하게 만드는 재주가 있었다. 그 앤 어렵고 복잡한 이야기를 낭만적으로 할 줄 알았는데, 목소리가 구절구절 달콤해서 내용을 온전히 이해할 수 없을 때조차 오롯이 집중할 수 있었다.

"아주아주 작은 세계에선 다른 대상과 관계를 맺어야지만 존재할 수 있어. 그 세계의 법칙에 따르면, 내가 여기 존재하기 때문에 네가 나를 볼 수 있는 게 아니라, 네가 나를 보고 있기 때문에 내가 여기 존재할 수 있는 거야. 대상이 가지는 특징이라는 것도 다른 대상하고의 관계에서만 생겨나기 때문에 절대적인 게 아니지. 말하자면 네가 알게 된 나의 특징들도 따지고 보면 너로 인해 생긴 것들이지 애초부터 존재하던 나의 것이 아닌 거랄까. 우리가 매 순간 함께 있다는 사실로 서로를 존재하게 한다면, 그것도 너를 그렇게 너답게 그리고 나를 이렇게 나답게 만들고 있는 거라면, 왠지 낭만적이지 않아? 그 작디작은 세계의 법칙 말이야."

동굴 같던 작은 방 안에 둘만의 세계를 펼쳐두었을 때, 나는 초 단위로 니니와 가까워지는 것을 느꼈다. 세밀한 단위로 흐르는 하룻밤은 길고 길어서 한 사람이 다른 한 사람에게 특별한 존재가 되는 데 충분한 시간이었다.

때문에 두 번째 밤 노크조차 없이 불쑥 문을 열고 들어온 니니가 침대에 멀뚱하니 누워 있던 내게 성큼성큼 걸어와 이불을 들추고, 얼마 남지 않은 공간에 제 몸을 구겨 넣었을 때도 나는 놀라기는커녕 왜 이제야 왔냐는 양 얼른 몸을 뒤로 빼 누울 자리를 만들어주었다.

둘이 있을 때, 니니는 주로 말하는 편이었고 나는 듣는 편이었다. 나라는 사람이 평소에도 말보다 글이 편할 정도로 말재간이 없는 데다, 니니의 이야기를 듣는 일이 그 도시에서 경험한 다른 어떤 일보다 즐거웠기 때문에 듣기만 하는 것이 서운한 적은 없었다. 그 애가 유난히 흥미로운 이야기를 늘어놓을 때면 혹시 나 때문에 이야기가 끊어질까 초조해져 숨을 쉬는 일조차 조심스러워지곤 했다.

가끔 니니가 나에게 무언가 물을 때면 간단한 대답만

하고 말았는데, 니니는 그것만으로도 굉장히 많은 것을 알아내곤 했다. 때때로 니니는 스스로도 깨닫지 못하고 있던 속내와 무의식적인 사정까지 알아채고 "그러니까 너는 이러러러 해서, 이러러러 했었다는 거지?" 하고 넌지시 되묻곤 했는데, 그럴 때면 미지의 언어로 쓰였던 마음이 마침내 공유할 수 있는 선명한 문장으로 번역된 것처럼 느껴져 속이 후련했다.

어느 밤에는 "그러니까 넌 그렇게 숨 막히게 힘들면서도 우는소리 한 번 않고 혼자 묵묵히 참고 있었다는 거네? 그 어린 나이에 말이야." 하며 니니가 손가락 끝으로 살며시 내 볼을 쓸어내렸는데, 참아볼 틈도 없이 흘러내린 눈물 때문에 그 애의 손가락을 적시고 말았다.

그때는 니니가 태어날 때부터 그런 재주를 타고난 유별나게 속 깊은 사람이라고 단순하게 생각하고 말았다. 나란 애는 내내 행복한 아이는 아니었을지 몰라도, 그 정도 순진함을 유지한 채 스무 살이 될 만큼은 행복한 아이였던가 보다.

살아가며 흔하고 뻔하지만 한 치도 허술하지 않은 고비

들을 넘겨본 뒤에야 깨달았다. 니니의 재주가 타고난 것이 아님을, 그 애의 반짝이던 말들이 시련에 깎여 나간 마음 조각들로 만들어진 고통과 인내의 흔적임을.

"산다는 건 끊임없이 잘못을 저지르는 일 같아. 아무리 조심하고, 조심해도."

가만 천장을 올려다보며 니니가 혼잣말처럼 중얼거렸을 때도, 나는 무지의 보호 아래 있었으므로 그 말에 대해 깊게 생각하지 않았다. 이해할 수 없는 니니의 말이 괜히 마음에 들어 속으로 따라 읊조려 볼 뿐이었다.

니니는 특히 '아무리 조심하고, 조심해도.'라는 말을 작고 둥글게 속삭였는데, 나는 어떻게 하면 그렇게 단어와 숨들이 그대로 저 멀리 계속 굴러가 버릴 것처럼, 그것들이 작은 점이 되어 사라질 때까지 하염없이 지켜보고 싶도록 말을 할 수 있는지 신기해하며, '아무리 조심하고, 조심해도. 아무리 조심하고, 조심해도.' 여러 번 되뇌어보았다.

'누구도 그렇게까지 조심하지 않기 때문이야, 혼자 조심해서는 잘못을 피할 수 없어.' 하고, 있는 힘껏 작고 둥글게, 그 말이 니니의 마음에 흔적을 남기지 않고 저 멀리 굴러갈 수 있도록, 대신 그 말이 굴러가는 것을 오래 바라볼 수 있도록 말하는 법을 그때의 나는 아직 몰랐다.

"와줘서 고마워."

침대 옆에 놓인 작은 의자에 걸터앉기 무섭게, 수키가 해야 할 일을 까먹지 않으려 서두르듯 내민 그 말에선 조금의 고마움도 느껴지지 않았다. 그래서 다행이었다. 수키가 정말 고마워했더라면 도리어 서운한 마음이 들었을 테니. 십수 년 전, 고작 몇 주를 함께 지냈을 뿐이지만, 나는 우리가 그런 것에 고마움을 느껴야 하는 사이가 아니라고 생각했다.

수키는 그 한마디를 해놓고 시선을 떨어뜨린 채 이불 위에 얹어놓은 뜨개 담요를 만지작거렸다. 수키가 중요한 이야기를 시작하기 전에 니니가 '예열'이라고 부르는 침묵이 선행한다는 사실을 잊지 않고 있었기에, 나는 묵묵히 그녀의 다음 말을 기다렸다.

"니니가 돌아오면 네게 연락하려고 했어."

긴 적막 끝에 들려온 수키의 목소리에 나는 고개를 들어 그녀를 바라보았지만, 그녀는 여전히 뜨개 이불을 매만지는 자신의 손끝만을 바라보고 있었다.

"처음 몇 년 동안은 방학에 놀러 오라고 말하려고 했지. 다음 몇 년 동안은 여름휴가에 놀러 오라고 말하려고 했고. 그러다 네가 결혼했다는 소식을 들은 뒤론, 니니가 돌아온다고 해도 놀러 오라는 말을 하는 게 쉽지 않겠구나 생각했지. 근데 그래도 아마 너에게 전화를 걸었을 거야. 놀러 오라는 거지 살러 오라는 건 아니니까, 그 정돈 괜찮을 것 같았어. 네 엄마한테 듣자 하니 네 남편이 아주 착하고 이해심도 많은 사람이라기에 어쩌면 두 사람이 함께 놀러 오는 것도 괜찮지 않을까 했지. 세월이 많이 흘렀으니 모두 괜찮을 것 같았어. 그런 헛된 생각을 이어가며 한 해 한 해를 버텼던 것 같아."

수키는 고개를 들어 창 쪽으로 몸을 틀더니, 폭이 넓은

창턱 구석에 놓인 빛바랜 앨범을 향해 팔을 뻗었다. 소매가 올라가며 수키의 앙상한 팔과 살가죽을 곧 뚫고 튀어나올 것처럼 도드라진 혈관이 눈길을 끌었다. 살결이나 혈관의 색이 살아 있는 사람의 것이라기엔 어딘가 어색해 보여서, 어쩌면 수키는 이미 죽었는데, 남은 일을 처리하기 위해 몸에 극소량의 영혼만을 남겨둔 게 아닐까, 하는 이상한 생각이 들었다.

수키는 0.5배속으로 느리게 틀어놓은 영상처럼 천천히 낡은 앨범을 내게 건네주었다. 앨범을 받아 든 내가 머뭇거리고 있으니, 수키가 그녀답지 않게 나긋한 목소리로 말했다.

"내키지 않으면 열어보지 않아도 괜찮아. 모르는 채로 살아가는 것도 괜찮지. 나는 그저 이제라도 너에게 선택할 기회를 주고 싶었을 뿐이야."

돌이켜 보면 모호한 이야기인데, 그때는 그렇게 들리지 않았다. 나는 수키가 무슨 말을 하는지 정확히 알 것 같았다. 수키의 의도대로라면 몰랐어야 할 것까지 어쩐지 짐작이 되었다. 그 안에 니니가 있으리란 것, 그것도 마주하고 싶지 않은 형태로 거기 있으리란 것까지.

그래서 열어보지 않을 수 없었다. 이미 알아버렸으니 모르는 채로 살아가는 건 불가능했다. 수키는 자신이 벌써 내게서 기회를 빼앗아 갔다는 것을 눈치채지 못하고 메마른 손을 뻗어 내가 들고 있던 앨범 위에 포개놓았다. 그것을 도로 가져갈 신호를 기다리는 것처럼.

내가 앨범을 가슴 쪽으로 끌어당기자, 그 뜻을 헤아린 수키가 드리웠던 손을 느릿느릿 거뒀다. 앨범의 겉면에는 아무것도 쓰여 있지 않았다. 니니가 좋아하는 튀르쿠아즈색으로 염색된 인조가죽이 씌워져 있을 뿐이었다.

두꺼운 커버를 열자, 얇은 비닐 아래 스크랩되어 있는 기사가 보였다. 내가 그 도시를 떠난 지 반년이 채 지나지 않았을 무렵 쓰인 기사로, 빽빽한 문장들 중앙에 니니의 얼굴이 박혀 있었다. 작은 직사각형 안에서 활짝 웃고 있는 니니를 가만 바라보다, 뒤늦게 사진 주변의 글씨들을 읽어보았는데, 수년간 틈틈이 그 나라 말을 공부해 둔 덕에 어렵지 않게 뜻을 헤아릴 수 있었다.

산만하게 헤매던 시선이 굵은 글씨로 크게 박힌 '실종'

이란 단어에 붙잡혔을 땐, 나도 모르게 소리 내어 그것을 읽고 말았다. 내 목소리를 들었을 텐데도 수키는 별다른 기색을 보이지 않았다. 아까 소리가 나지 않는 영화를 볼 때처럼 초점이 어긋난 시선으로 내가 들고 있는 앨범을 내려다보기만 했다.

지역지라 니니의 실종보다 더 눈길을 끌 만한 기삿거리가 좀처럼 없었던 모양인지, 수사에 별다른 진척이 없었는데도 계속 기사가 이어졌다. 몇 달 조용했다가도 다시 언급될 정도였다. 기사에는 주로 출처가 검증되지 않은 소문들과 인터뷰이의 실명을 밝히지 않은 자극적인 인터뷰들이 실렸다. 합리적 시선을 표방하기 위해 교묘한 수사(修辭)를 썼음에도 기저에 깔린 기자의 욕망이 고스란히 드러났다. 기사를 쓰는 사람에게나 읽는 사람에게나 니니의 죽음은 한낱 이슈로 소비되고 있었다.

그 무정한 도락의 귀퉁이에서 수키의 간절함이 느껴졌다. 그런 것에서나마 단서를 찾고 싶었던 간절함이, 기사를 잘라 앨범에 붙일 때 접착제에 들러붙는 미세한 각질처럼 거기 달라붙어 버린 것 같았다. 수키의 마음을 비웃듯 기사는 읽는 이를 보다 깊은 미궁으로 데려갔고, 정보가 하나둘 더해질수록 니니의 행방이 더 묘연해지는 것만 같은 야릇한 기분이 들었다.

마지막 기사에 이를 즈음엔 어쩌면 니니가 어디선가 신분을 숨긴 채 잘 살고 있을 것만 같은 터무니없는 망상이 피어오르기도 했다. 그러나 그 눈부신 희망을 움켜쥐기엔 내 마음이 너무 닳아 있었는지, 앨범을 덮고 다시 튀르쿠아즈 색 겉면에 시선을 떨어뜨렸을 땐 희망이 벌써 다 꺼지고 불길한 예감이 고개를 치켜세우고 있었다.

수키는 내가 그 예감을 받아들이기를 잠잠히 기다렸다. 받아들여야 할 사실이라는 물이 너무 차서, 그런 준비운동이 없이는 감당할 수 없으리라 여기듯이.

‡2000‡

수키가 깊은 잠에 빠진 오전 2시나 3시 같은, 정확히 밤이랄 수도 새벽이랄 수도 없지만 그 어떤 것이라 해도 그럭저럭 어울리는 시간에 니니와 나는 종종 수키의 책을 소리 내어 읽었다.

앞장과 뒷장을, 때론 단락과 단락을 서로 나눠 읽으면, 매 순간 숨을 5분의 1쯤 참고 있는 것처럼 가슴속 어딘가가 조여들었다.

가끔 그때 꿈을 꿔. 선배와 네가 허름한 골목길 모퉁이를 돌아 사라졌을 때, 두 사람이 나란히 지나기엔 모자라고 연인이나 되어야 꼭 붙어 걸을 만한 비좁은 길, 틀어지고 부서진 보도블록과 그 사이를 굳이 비집고 올라온 잡초, 검어진 껌딱지, 해진 전단지, 구겨진 깡통 따위들이 까만 밤 속에서 가로등 불빛을 덮고 잠든 그 골목 안에 덩그러니 홀로 서 있던.

그날 내가 너를 놓았는데, 나는 왜 버려진 사람처럼 목 놓아 울고 싶었을까.

선배가 네 잔에 술을 따르며 어서어서 마시라고 재촉할 때, 다들 뭐 신나는 일이라고 겁에 질린 사슴 같은 너를 히히 쳐다보고 있을 때, 그리고 테이블 아래서 네 손이 내 손을 가만히 움켜쥐었을 때, 내가 그 손을 슬며시 뿌리치지 않았더라면, 맞잡아 손가락과 손가락을 엮고 엮어 꽈악 붙들었더라면,

그럼 너를 잃지 않았을까?

그리고 끝내는 찾아낼 수 있었을까.

발밑이 무너지리란 걱정 없이 우리가 나란히 꼭 붙어 걸을 수 있는 어느 골목길이, 하염없이 찾아 헤매면 세상 어딘가엔 있었을까?

이제 내 곁엔 네가 없고, 더는 소용없는 일인데도 때때로 내가 여전히 그 길을 찾고 있다고 느낄 때가 있어. 우습게도 문득 벽을 만날 때면 그제야 깨닫는 거야. 내가 여전히 너와 함께 걸을 수 있는 길을 찾고 있다는 걸.

예전에 네가 그랬지. 다리를 잃고도 여전히 다리가 있는 것처럼 통증을 느끼는 사람들이 있다고. 그런 건가 봐. 나는 분명 희망을 다 잃었는데, 여전히 그게 존재하기라도 하는 것처럼 새삼 밀려드는 절망을 느낄 때가 있어.

가까이만 가도 한기가 느껴지던 니니의 희고 긴 손가락이 종이를 넘길 때 나던 사각 소리와 엷은 피부밑으로 비치던 푸르스름한 핏줄, 보는 사람까지 아릿하게 만드는 바투 깎인 손톱, 서늘한 벨벳의 촉감 같은 목소리가 단어를 읊을 때 뺨에 닿던 숨결.

유심히 보아야 보이는 작은 티끌 같던 니니의 흔적들이 책장과 책장 사이, 문장과 문장 사이, 단어와 단어 사이에 내려앉아, 그 안에 담긴 좋은 것은 더 좋게, 슬픈 것은 더 슬프게, 설레는 것은 더 설레게 만들었다.

그 책의 어디까지가 허구이고, 어디까지가 사실인지 알수 없었다. 소설 서가에 꽂혀 있으면 소설이고, 수필 서가에 꽂혀 있으면 수필이 되는 책이라고 니니는 말했다. 도서관에서는 주로 수필 칸에 꽂아둔다고도 했다.

"수키는 소설가도 아니고, 수필가도 아니고, 시인도 아니니까. 알 만한 작가긴 해도 제일 유명한 책이 《달과 중력》인 물리학자고. 과학 서가에 가 있지 않은 게 어디야. 제목만 보면 거기 있어도 튀지 않을 것 같잖아?"

니니는 책 제목인 'Tension'이라는 단어가 물리학에서는 장력으로 쓰인다고 했다. 그리고 내가 장력의 의미를 모르는 눈치이자, 이어 설명했다.

"물체의 끝과 끝을 팽팽히 잡아당길 때 각 점에 작용하는 당기는 힘이 장력이야. 이 책이 소설이나 수필 서가에 있다면 사람들은 사람과 사람 사이의 긴장이나 갈등을 떠올릴 거고, 과학 서가에 있다면 장력을 떠올리겠지. 결국은 그게 그거지만, 한국말로 번역하면 굉장히 다른 느낌이지?"

"그렇지."

니니는 한국말을 잘했다. 가끔은 나보다 잘하는 것도 같았다. 수키가 따로 알려준 것도 아니고 틈틈이 혼자 공부한 것인데, 몇 년 전부터는 수키와 한국말을 쓰다 보니 훌쩍 실력이 늘었다고 했다. 우리가 읽던 수키의 책도 니니가 번역한 것이었다. 수키의 책은 한국에 출판되지 않았으므로, 한국어로 쓰인 것은 니니가 가지고 있던 그 책이 유일했다.

니니가 직접 번역한 책의 존재를 수키도 아는지 나는 모른다. 그녀가 잠든 시간에 몰래 그 책을 펼쳐본 것은 책의 존재를 숨기기 위해서가 아니라, 그것을 소리 내 읽는 우리의 존재를 숨기기 위함이어서, 책의 존재 자체가 비밀인지 아닌지까지는 여전히 알 길이 없다.

니니는 번역이 수월하지 않았던 부분은 그대로 남겨두었는데, 그런 부분을 만나면 나에게 도움을 구했다. 어서 더 자연스럽고 그럴듯한 문장을 내놓으라는 듯이 니니가 동그랗게 나를 쳐다볼 때면, 답을 모르는 문제가 적힌 칠판 앞에 서 있을 때 등 뒤에서 느껴지던 서른 개가량의 시선과 도망칠 길을 막아선 것처럼 발밑에 길게 드리웠던 선

생님의 그림자가 떠오르곤 했다.

　다행히 니니는 포기가 빨랐다. 나의 한계를 알아서가
아니라 매사에 그런 편이었다. 타인이 자신의 문제를 해결
해 줄 거란 믿음이 셀로판지처럼 얇았다. 다정한 니니는
곤란함에 빠진 나를 건져주려는 양 서둘러 다른 문장을 읽
어 내리곤 했다.

　　네가 그렇게 햇살처럼 다가오면, 그늘 같은 나는 두려
　　웠다. 온통 너로 물들어 내가 사라져 버릴까 봐. 너는
　　그 두려움을 읽은 것처럼 한 발 앞에선 꼭 멈춰주었다.
　　그늘 같은 나를 사랑하기에, 한 점 그늘 정도는 남겨주
　　겠다는 듯이. 대신 딱 한 발만, 오로지 한 점만, 그 이상
　　은 어렵다는 듯이, 너는 2시의 햇살처럼 나를 졸졸 따
　　라다녔다.

　당시 나는 책의 내용에 큰 의미를 두지 않았다. 단지 서
로의 목소리를 듣기 위해 시작한 일이었기에, 단어를 단어
로, 문장을 문장으로 받아들일 뿐, 그 안에 담긴 것들에 대

해 깊이 생각해 보지 않았다. 심지어 손에 집히는 대로 아무 곳이나 펼쳐 읽었기 때문에, 수키의 집을 떠날 무렵이 돼서야 이야기의 줄기를 대강이나마 헤아릴 수 있었다.

나의 사랑은 미움부터 시작했다. 한마디로, 처음에 난 네가 싫었다. 쉽게 소리 내 웃는 것도, 상대를 가리지 않고 친근하게 구는 것도, 지나치게 짧은 치마나 짙게 바른 입술, 높게 묶은 머리도 거슬렸다.

사람을 이런저런 부류로 나눠 폴더에 넣어 관리하다시피 상대하던 시절이었다. 너는 나에게서 가장 먼, 저기 999번 폴더에나 들어갈 만한 사람이었고 졸업할 때까지 너와 가까워지는 일은 절대 없을 줄 알았다.

돌이켜 보면 그런 너에게 못내 끌렸기에, 나는 네가 더 미웠던 것 같다.

그땐 몰랐다. 그렇게 웃는 것, 그런 치마, 그런 입술을 싫어한 건 '내'가 아니고, 그 폴더를 만든 사람도 실은 '내'가 아니란 걸. 나는 학습하는 기계처럼 부모님이 입력하고 세상이 입력하는 대로 생각하고 구분 지었다.

그 사실을 깨닫고도 관성이 나를 붙드는 것을 막을 수 없었다.

네 앞에서 편견과 억압을 비난하면서도, 짧은 치마를 입은 여자를 보면 은밀히 거북함을 느꼈다. 너를 사랑하게 된 뒤에도 999번 폴더에 속한 너를 보면 눈살이 찌푸려졌고, 그래 놓고 너와 눈이 마주치면 아닌 척 싱긋 웃었다. 그렇게 거짓 뒤에 숨어 쉼 없이 찾아보았지만, 너와 나를 함께 넣을 수 있는 폴더는 존재하지 않았다.

밥은 먹었어? 과제는 했어? 시험공부는 잘 되어가? 오늘은 수업 언제 끝나? 끝나곤 어디 가? 도서관에는 언제까지 있을 거야? 주말엔 뭐 해?

아직도 때때로 너의 목소리가 귓가를 맴돈다. 단 한 번 책을 빌려 보았을 뿐인데 넌 우리가 대단한 친구라도 되는 것처럼 굴었다. 대학에 입학한 뒤로 내게 친구가 없었으니, 처음엔 그저 동정인 줄 알았다. 예쁘기로 유명했던 네가 '제 꿈은 세계평화예요.' 하는 미인대회 후보처럼 보인 탓도 있었다.

참다못한 내가 "저기, 난 친구 같은 건 필요 없고 혼자 다니는 게 편해서 혼자 다니는 거야." 했을 때, 네가 새하얗게 말했다.

"알아."

"알아?"

더는 할 말이 없었다. 안다는데, 친구 같은 건 필요 없고, 혼자 다니고 싶은 걸 안다는데.

'그럼 왜?' 하고 물으려 너를 보는데, 한 뼘쯤 아래서 네가 나를 물끄러미 올려다보며 배시시 웃었다.

어느 폴더에도 들어갈 수 없는 웃음이 거기 있었다.

그리고 어느 폴더에도 들어갈 수 없는 마음이 내 안에 피어났다.

그땐 한 줌 마음이었다. 아무리 설레고 특별해도, 고작 한 줌.

나는 네게 끌리는 나를 혐오했고, 나를 좋아한다고 감히 말하는 너를 증오했다. 신비로운 것은 그 지독한 혐오와 증오 속에서도 어떤 폴더에도 들어가지 못한 마음 한 줌이 5월의 아카시아처럼 무성히 자랐단 것이다.

그것은 사랑 이야기였다. 작은 방 안에 꼭꼭 숨어서야 서로에게 서로로서 존재할 수 있었던 니니와 나처럼, 누구의 눈에도 띄지 않고 은밀히 존재하다 덧없이 사라져 버린 두 사람의 사랑에 대한. 그러니 니니가 책장에서 굳이 그 책을 꺼내 온 것은 수키가 쓰고 니니가 번역한 책이어서만은 아니었을지도 모른다.

때때로 나는 그것이 부디 수필이 아닌 소설이길 바라곤 했는데, 나라면 도저히 담담히 읽어 내릴 수 없을 것 같은 문장들을 니니가 아무렇지 않게 줄줄 읽어 내려갈 때 유독 그랬다.

신기하지. 네 마지막 말이 토씨 하나 잊히지 않아.
"사람들 말이 맞아. 내가 선배를 그렇게 만든 셈이야. 네가 어떻게 나올지 궁금했고, 네가 그러길 바라는 것 같아서 순순히 선배를 따라 나간 거니까. 단둘이 밤을 걷기만 해도 상대방을 사랑할 의무가 생길 줄은 꿈에도 몰랐지만, 고귀한 대의를 위해 싸우시는 대단한 남성분을 기대하게 했다 실망시켰으니 당할 만도 했지. 수치와 상처를 주었으니 수치와 상처를 되받은 셈이랄까? 상대를 의심하고 피하면 사람을 뭐로 보냐며 욕먹고, 믿으면 다 큰 여자애가 홀랑 믿었으니 당해도 싸다고 욕먹는 게 우리 사는 세상 이치잖아. 이러나저러나 결국 내 잘못인 거지.

그러니 너도 마음 편히 나를 미워하고 원망해도 돼. 너 첩자지? 그깟 네 몸뚱이가 뭐라고 일을 다 망쳐? 하면서 욕이라도 퍼부어보든가. 어제는 여자애들이 찾아와서 그러더라. 너니까 선배랑 잘 되는 거 그냥 두고 본거라고, 이딴 년일 줄 알았으면 자기들이 가만 있지 않았을 거라고.

웃기지 않아? 가만히 있지 않았음 어쨌을 건데? 대체그 선배란 놈이 뭔데? 그놈이 민주주의의 표상이야? 그 인간 없으면 니들이 말하는 자유도, 주권도 다 의미가 없어지니? 그 인간 하나 도려낸다고 정의가 불의가 되나? 물론 이걸 빌미로 싸잡아 구정물에 처박으려는 사람들도 있겠지. 너희가 말하는 자유는 방종이냐 비웃으면서. 그러니까 조용히 넘어가자고? 너도 그런 정의가 싸워서 지켜낼 가치가 있다고 생각하니?

다들 내가 미친 거라더라. 가족들마저 그래. 뭐 자랑할만한 일이라고 신고를 하냐고. 이제 와 그래 봐야 경찰이 들어주지도 않을 거라더라. 괜한 짓 해봐야 나만 손해라고.

나도 내가 가장 가증스럽고 원망스러워. 왜 바뀔 거라 믿었을까. 믿지 않았으면 이렇게 처참해지지 않았을 텐데. 처음엔 널 따라 시작한 일이었지만 나중엔 그게 다가 아니었어. 정말 우리가 세상을 바꿀 수 있을지 모른다고 생각했지. 전에는 볼 생각도 하지 않던 책들을 보고, 전에는 따져보지도 않던 것들을 따져보면서, 어쩌면 내가 아니라 세상이 잘못된 건지도 모른다는 생각을 했어. 그리고 희망이 생겼지. 존재하는 줄 몰라서 꿈꿔보지도 못한 희망 말이야. 근데 이 지경이 되고 보니 역시 희망 따윈 없는 것 같아.

그거 알아? 우리가 다 같이 세상을 바꾸고 싶어 하던

순간에도, 저마다 바라는 세상은 달랐다는 거? 멀리서 보면 똑같아 보이는데, 가까이서 자세히 들여다보면 같은 구석이 하나도 없는 다른 그림들처럼 말이야.

안심하고 그만 가. 신고 안 할 거고, 소문도 안 낼 테니까. 알잖아, 나는 네가 원하면 뭐든 하는 거."

'나는 네가 원하면 뭐든 하는 거.'라는 문장을 읽은 후, 니니는 마침표가 목에 걸리기라도 한 것처럼 멈칫하더니 한참 숨조차 내뱉지 못했다. 그리고 눈을 질끈 감은 채 걸린 마침표를 삼키듯이 침을 꼴깍 삼키고 책장을 덮으며 말했다.

"왜 굳이 심장 따위를 가지고 싶었을까?"

갑작스러운 물음에 내가 대꾸하지 못하자, 니니가 말을 덧붙였다.

"오즈의 마법사에 나오는 양철 나무꾼 말이야. 내가 도로시였다면 그런 건 애초에 없는 편이 낫다고 말해주었을 텐데. 아니면 내 심장을 쥐버리거나."

그때는 니니의 말이 뜬금없게 들렸다. 이야기를 따라잡

지 못한 내가 주뼛거리며 눈치를 보자, 니니는 내려가 뭐
라도 좀 먹자며 몸을 일으켰다. 그리고 우리가 무엇을 먹
었는지는 기억나지 않는다. 다만 다음 날 니니가 되는대로
책장을 펼쳐 읽은 첫 문장이 '여기 이 둥근 세상은 마음으
로도 죄를 지을 수 있는 곳이니까.'였던 건 기억이 난다.

여기 이 둥근 세상은

마음으로도 죄를 지을 수 있는 곳이니까.

죄를 지으면 저만치 밀쳐지고 말 테니까.

마음 같은 건 헤아리고 싶지 않았어.

네 것이든 내 것이든 존재해서는 안 되니까.

나는 그저 원 안에 서 있고 싶었던 거야.

남들과 같은 꿈을 꾸고,

남들과 같은 사랑을 하며.

원 밖에도 세상이 존재한다는 걸 몰랐으니까.

상상도 가지 않는 그 밖의 세상이 무서웠으니까.

때로 온몸의 세포가 멈칫할 정도로 섬뜩해져서,

나는 네가 두려웠어.

네가 나를 우리 둘만 존재하는 어느 동굴로 데려가 버릴까 봐.

‡

수키의 집에서 지낸 지 엿새째 되던 날, 아인을 알게 되었다. 그날은 처음으로 밝은 대낮에 니니와 함께 집을 나선 날이기도 했다. 전에는 일어나 보면 니니는 이미 집에 없었는데, 그사이 니니가 어디에 다녀왔는지는 모를 일이었다. 니니와 별별 이야기를 다 나누면서도, 어쩐지 그 애의 일과를 묻는 것은 꺼려졌다. 어딜 가서 누구를 만나 무엇을 하는지, 언제 나가서 언제 들어올 것인지 따위를 꼬치꼬치 캐묻는 일 같은 건 적어도 그 집에 있는 동안은 하고 싶지도 당하고 싶지도 않았다.

나는 어디서든 니니가 니니다울 거라고, 가고 싶은 곳에 가서 만나고 싶은 사람을 만나고, 마침내 내게로 돌아올 거라고 믿었다. 그리고 니니는 늘 돌아왔다. 내가 그 집에서 지내는 동안, 니니의 행방이 궁금해질 만큼 오래 돌아오지 않은 적은 없었다.

정오 무렵, 1층 거실로 내려가는 층계에서 니니와 마주쳤을 때 나는 조금 당혹스러웠다. 약속 시간이 한참 멀었는데 불쑥 찾아온 손님을 맞이할 때처럼 내가 멈칫하고 있으니 니니가 먼저 입을 열었다.

"오늘 낮에 너랑 놀고 싶은데, 어때?"

"그래도 돼?"

내가 벙찐 얼굴로 되물으니, 니니가 히죽 웃으며 고개를 끄덕였다. 나는 열의 일곱쯤 기뻤고, 셋쯤 난처했다. 사실 니니와 수키가 없는 동안 그 집을 독차지하며 한껏 게으름을 부리는 것이 그 무렵 나에게 꽤 소중한 일과였기 때문이다. 그러나 니니가 제안한 예외는 고작 하루였고 게으름을 부릴 날들이 뒤로 더 남아 있었으므로, 곧 거리낌 없이 흔쾌한 기분이 되었다.

그날은 빛이 사방을 지배하고 있는 것처럼 맑았다. 가끔 바람이 세게 불 때를 빼곤 보드랍고 따스한 햇살이 굵은

털실로 짠 스웨터처럼 온몸을 감쌌다. 공기가 어찌나 달던지 숨을 들이쉬고 내쉴 때마다 속에 고여 있던 우울이 맥없이 증발하는 게 느껴졌고, 그런 기분만 계속된다면 무슨 일이든 해낼 수 있을 것 같단 호기가 일기도 했다. 니니도 기분이 좋아 보였다. 어제까지 알던 니니가 아니었다. 아마 나도 니니가 어제까지 알던 그 사람이 아니었을 것이다.

니니는 자신이 자주 가는 곳이라던가, 관광 명소 같은 곳에 나를 데려가지 않았다.

"나에게도 처음인 곳에 가고 싶어. 그리고 좋은 것만 보고 싶지도 않고. 그건 너무 비현실적이잖아. 오늘만큼은 너하고 현실적인 것들을 해보고 싶어. 같이 길도 헤매보고, 잘못 고른 맛없는 음식도 먹어보고, 보잘것없는 그렇고 그런 길도 걸어보고."

그래서 우리는 기차를 타고 관광객은 물론이고, 그 나라에서 나고 자란 니니도 이름을 들어본 적 없는 작은 도시에 갔다. 집을 나서기 전, 눈을 감은 내가 니니가 펼쳐놓은 지도에서 가리킨 몇 개의 도시 중에 고른 것이었다. 그곳엔 유적지나 박물관은 물론이고 테마파크나, 상징적인 건축물도 없었다. 역사 근처의 작은 상점가와 휑한 공원을 빼곤 비슷비슷한 집들이 늘어선 지루한 주택가가 내리 이어졌다.

발길 닿는 대로 거리를 쏘다니던 우리는 우연히 발견한 타코 가게에 들어갔다. 얇고 붉은 등을 구부려 'TACO'라는 글씨를 만들어 전면 유리창에 붙여놓은 가게는 대책 없이 걷고 있던 우리만큼이나 생뚱맞은 존재처럼 보였다.

가로수는커녕 나무 한 그루 없던 그 거리엔 낡은 주택들의 칙칙한 외벽만 내리 이어지던 참이었다. 잿빛이 도는 벽돌로 지어진 5, 6층쯤 되는 건물들은 하나같이 창문도 출입문도 작아 갑갑해 보였다. 철로 된 난간이나 손잡이들은 칠이 벗겨지거나 녹슬어 있었고, 생명의 기운이라곤 낡은 계단이 갈라지거나 무너진 틈새를 비집고 올라온 가련한 잡초들이 흘리는 것 말곤 없었다.

날이 좋지 않았다면 어쩐지 으스스한 기분이 들어 발길을 돌렸겠지만, 우리 머리 위엔 모든 어둠을 ─ 물리적으로든 비유적으로든 ─ 물리칠 수 있을 것만 같은 태양이 영원처럼 버티고 있었으므로 두려울 게 없었다.

그 거리를 따라 내려가는 동안, 사람은 물론이고 차 한 대는커녕 새 한 마리도 구경하지 못했다. 그런 우리에게 뜬금없이 나타난 타코 가게가 얼마나 사랑스러워 보였겠느냐며, 언젠가 남편에게 그때 이야기를 늘어놓자 그는 공감을 표하는 대신 물었다.

"그래서 타코는 맛있었어?"

"응. 근데 그건 중요한 게 아니야."

"왜? 그게 제일 중요하지. 타코 가게인데."

미리 말해두자면, 타코는 엄청나게 맛있었다. 빨간색 줄무늬 종이에 싸여 있던 타코를 한 입 베어 물었을 때 입안에 퍼지던 그 맛을 영원히 잊지 못할 것이다. 느지막이 일어나 비스킷 몇 조각 빼곤 종일 먹은 게 없었던 탓도 있었겠지만, 정말이지 그 타코는 모든 게 완벽했다. 야채의 신선도라든가 고기의 식감이라든가 소스의 향과 농도라든가, 세상에, 세상에, 세상에. 니니와 내가 너나 할 것 없이 놀라 두 눈을 동그랗게 뜬 채 타코를 살금살금 씹어 넘기면서 몇 번이나 고개를 끄덕일 정도였다.

그러나 그렇게나 맛있는 타코가 우릴 기다리고 있을 거

라고는 상상도 못 했던 니니와 나는 선뜻 가게 안으로 들어가지 못하고 유리창을 통해 안을 들여다보기만 했다. 등이 서로 붙은 소파 테이블의 여덟 자리, 작고 동그란 테이블 네 자리, 유리창을 통해 밖을 내다볼 수 있는 긴 바 테이블 세 자리가 모두 비어 있었고, 카운터에도 사람이 보이지 않았다.

문에 빤히 'open'이란 푯말이 걸려 있는데도 영업 중이 아닌가 보다며 돌아서는데, 막 주방에서 나온 가게 주인이 우리를 발견하곤 어서 들어오라는 양 손짓했다. 자신만만하다 못해 무심함이 엿보이는 그의 손짓에서 맛에 대한 자부심을 알아차리지 못한 우리는 된통 걸린 것 같다는 얼굴로 쭈뼛쭈뼛 가게 안으로 들어섰다.

나는 그들의 언어를 몰랐으므로 주문은 니니에게 맡겼다.

"뭐가 제일 맛있죠?"

"뭐든 각자 다르게 맛있지. 제일은 없어."

"그럼 제일 많이 팔리는 세트로 두 개 주세요."

"어제 많이 팔린 걸로? 오늘 제일 많이 팔린 걸로? 주말에 잘 팔리는 걸로 아니면 평균적으로 제일 많이 팔리는 걸로?"

"아, 그게, 음, 오늘이 좋겠어요."

두 개의 의자가 마주 보고 있는 동그란 테이블에서 나는 카운터 쪽으로 향한 의자에 앉았고 니니는 창밖이 내다보이는 의자에 앉았다. 앉자마자 니니가 방금 주인과 나눈 대화 내용을 내게 전달해 주더니, 아쉬움 어린 얼굴로 말했다.

"둘 중 하나는 주말에 제일 많이 팔린 걸로 해볼 걸 그랬나?"

"그러게."

우리가 마주 보며 킥킥 웃는 동안, 벌써 조리를 끝낸 주인아저씨가 양손에 쟁반 두 개를 들고 주방에서 나왔다. 그가 평생 잊지 못할 타코를 테이블에 내려놓는 동안, 우린 얼른 웃음을 훔치고 다소 뻣뻣해진 모습으로 그를 바라보았다. 그는 우리가 둘만 있을 때 더 즐겁다는 걸 알아차렸는지, 아니면 주방에 대단히 좋은 것을 숨겨두었는지 서둘러 다시 주방으로 사라져 버렸다.

마침내 우리가 오늘의 타코를 베어 물고, 눈을 동그랗게 뜬 채 감탄사를 쏟아내고, 정신없이 눈앞에 놓인 음식들을 다 먹어버린 후 얼음만 남은 컵에 꽂힌 빨대를 잘근잘근 씹어가며 쓸데없는 이야기를 나누는 동안에도 주인은 이쪽을 내다보는 법이 없었다.

그때 무슨 이야기를 했었는지 기억나지 않지만 우리는 내내 웃었고, 가끔은 너무 크게 터져버린 웃음에 놀라 아무도 없는데 주변의 눈치를 살필 만큼 들떠 있었다.

그 기억을 떠올리던 나는 뒤늦게 남편의 말에 동의하지 않을 수 없었다.

"아무래도 당신 말이 맞는 것 같아. 타코의 맛이 중요했어. 그게 우릴 좀 미치게 만든 것 같아. 취한 사람들처럼."

"거봐, 그렇다니까."

"그 가겐 아직도 거기 있을까?"

"글쎄."

"있다면, 언젠가 다시 가볼 수 있으려나?"

"그럴 수도 있겠지. 근데 다시 가서 먹는 오늘의 타코는 당신이 먹은 그 타코가 아닐지도 몰라."

"그러게. 그리고 어제의 타코도, 주말의 타코도, 평균적인 타코도 그렇겠지."

"따지고 보면 모든 게 그렇지. 변하지 않는 건 없으니까."

"그런가?"

그 말이 옳다는 걸 알면서도, 그 말이 싫었다. 모두 변했고, 변하고 있으며, 변할 것이라고 생각하면 어쩐지 눈물이 날 것 같았다. 남편과 내가 나란히 침대에 누워 시시껄렁한 이야기를 하는 동안에도, 우리를 둘러싼 모든 것과 그와 나, 우리 역시 쉼 없이 변하고 있다는 것이 괜히 서러웠다. 그리고 그런 말을 꺼낸 남편이 어쩐지 미워져, 몸을 비스듬히 돌려 등을 보이곤 사이드 테이블에 놓여 있던 리모컨으로 전등을 끄며 구시렁거렸다.

"가끔 안 그런 것도 있다고 말해주면 누가 진실을 가린다고 쫓아와? 그런 데 쓰라고 거짓말이 있는 거구만."

"그게, 가끔 안 그런 것도 있지."

"됐어. 이미 늦었어."

니니가 창밖의 아인을 발견한 건, 얼음이 다 녹아 물이 되고, 컵 표면에 달라붙은 물방울이 흘러내려 냅킨을 적셔가던 즈음이었다. 깔깔 웃어대던 니니의 얼굴이 하얗게 굳는 것을 보고 뒤를 돌아보았을 때, 아인은 이미 시야 밖으로 몸을 피한 뒤였다. 멍하니 바라보는 나를 남겨둔 채 니니는 이런저런 설명도 없이 아인을 잡기 위해 가게를 뛰쳐나갔다.

뒤늦게 정신을 차리고 뒤따라 나가보니, 건너편 담벼락 아래 서 있는 니니와 아인이 보였다. 니니는 아인의 한쪽 팔을 부여잡은 채 다다다다 말을 쏟아내고 있었다. 말소리가 잘 들릴 만큼 가깝지 않았고 보이는 건 뒤통수뿐인데도 어쩐지 상황을 헤아릴 수 있었다. 니니는 안전해 보였고, 내가 끼어들 일은 아닌 것 같았다. 잔뜩 움츠린 채 붙잡혀 있는 쪽은 아인이었는데, 그때 나에겐 니니의 안위만이 중요했다. 아인은 내게 그저 낯선 이였고, 헐렁한 체크무늬 남방에 해진 청바지를 입은 더벅머리의 멀대 같은 남자가 과연 누구일지 궁금하기는 했지만, 그의 정체를 모른 채 하루가 끝난다 해도 별수 없다고 생각했다.

나는 니니가 말해주는 것만 들을 자격이 있다고 생각했고, 니니도 나에 대해 그랬다. 우리는 따져 묻는 사이가 아니었다. 보이지 않는 것까지 보려 하지 않았다. 애초에 그럴 수밖에 없도록 프로그래밍되기라도 한 듯, 어째서인지 의문을 가져본 적도 없다. 의문은 아주 늦게 찾아왔다. 파티가 다 끝난 뒤에 찾아온 손님처럼. 그러나 나는 친절한 주최자가 아니었으므로, 의문이란 때늦은 손님에게 문을 열어주지 않았다. 그래서 어떤 사실들은 여전히 들춰지지 않은 채로 남아 있다.

나는 다시 타코 가게로 돌아가 니니를 기다렸다. 두 사람을 지켜보고 있자니 봐서는 안 될 것을 훔쳐보는 기분이 들어서였다. 십여 분이 지나자 니니가 아인을 데리고 타코 가게로 들어왔다. 아인은 여기서 가만히 기다리란 말을 듣지 않고 돌아다니다 잡혀 온 아이처럼 기가 죽은 채 니니의 등 뒤에 바투 붙어 따라왔고, 당연하다는 듯 니니 옆에 의자를 끌어와 앉았다.

니니는 아인을 자신의 형제라고 소개했다. 처음엔 공원에서 우연히 만나 놀게 된 그저 그런 친구였지만, 적당한 우연과 적당한 시간을 지나 친구라는 이름의 덩어리가 하염없이 부풀어 오르더니 마침내 형제라는 이름이 더 어울리게 되었다고 했다.

같은 집에 살아본 적 없을뿐더러, 피가 섞이기는커녕 법으로 묶인 적조차 없으며, 그들의 부모가 서롤 혐오한 나머지 어려선 남들 눈에 띄지 않는 곳에서만 만나 놀았으면서도, 세상이 뭐라든 두 사람은 서로가 서로에게 형제임을 의심하지 않았다.

아인은 엄마가 없었고 그의 아버지는 니니의 아버지와 굉장히 비슷한 사람이었다. 니니의 집에서나 아인의 집에서나 아버지의 폭력이 난무했지만, 막아줄 엄마가 없었던 아인은 니니보다 훨씬 호되게 맞았고 어려선 몸이 성한 날이 하루도 없었다. 때문에 아인은 여름에도 늘 긴소매에 긴바지를 입고 다녔는데, 니니 말론 당시의 아인은 제대로 먹지 못해서인지 땀도 잘 나지 않았다고 했다.

"다행히 학교에 있는 시간이 늘어나며 먹는 양이 늘어서인지 사춘기 무렵부터 쑥쑥 자라더라. 봄비 내린 밤이 지나고 보면 몰라보게 자라 있는 잎사귀들처럼 말이야. 덩치가 커지고 나니 아저씨도 부담스러웠는지, 맞서 싸운 것도 아닌데 점점 때리는 일이 줄었어. 이젠 가끔 물건이나 집어던지고 그러나 봐. 하여간 재도 답답하지. 한 번쯤 덤볐으면 감히 손찌검할 엄두도 못 냈을 텐데. 그런 사람들 특징이거든. 힘으로 압도하는 사람에겐 순한 양이 되고, 만만한 사람에겐 폭군이 되고. 근데 아인은 그야말로 이웃이 때리면 반대쪽 뺨도 내어줄 위인이니까. 혹시 예수가 재림하면 제자로 삼고 싶어 할걸. 어떻게 저런 애가 그런 아저씨 아들로 태어날 수 있었을까 싶었는데 아인이 엄마 쪽을 많이 닮았나 보더라고. 엄마 말이 그 아줌마가 갑갑할 정도로 착해서, 때론 잔혹하게 느껴질 정도였대. 굉장히 이상한 말이지. 근데 난 이해할 수 있을 것 같아. 뭐든 지나치면 결국 잔혹해지잖아."

우리말을 알아들을 수 없던 아인은 니니가 내게 하는 말이 못된 주술이라도 되는 것처럼 심각한 얼굴로 듣더니, 종내는 내가 알아들을 수 없는 그들의 언어로 우리의 대화를 끊어놓았다. 아인의 말을 심드렁하게 들어주던 니니는 별수 없다는 듯 말했다.

"그럼 영어로 할게. 둘 다 영어는 할 줄 알잖아?"

할 줄 안다는 건 뭘까. 그렇다고 해도 되나 싶었지만 고개를 끄덕였다. 전혀 할 줄 모르는 것에 비하면 나름 할 줄 아는 것이니까.

아인이 우리가 먹은 것과 똑같은 타코를 시키고, 감탄하는 법을 몰라 그저 우걱우걱 타코를 씹어 삼키고, 니니와 내가 그의 나초 칩을 빼앗아 먹고, 인심 좋은 주인이 리필해 준 음료가 사라지는 사이, 아인은 나와 니니에 대해 아주 조금 알게 되었고, 나도 아인과 니니에 대해 아주 조금 알게 되었다.

"그러니까 우리는 내내 이 녀석한테 스토킹을 당하고 있었던 거야." 하고 니니가 말했을 때, 아인은 고개는 물론이고 두 손까지 번쩍 들어 절레절레 흔들면서 자기네 언어로 강하게 그 말을 부인했다. 그러자 니니가 단호하게 영어로 말했다.

"넌 또 반칙했어. 영어를 쓰기로 했잖아."

순간 반칙이라는 니니의 말이 다소 가혹하게 느껴졌던 건, 나 또한 영어에 능숙하지 못해 하고 싶은 말을 반 이상

삼키고 있었기 때문일 것이다. 아인은 더듬더듬 영어로 말을 이었다.

"나는 걱정이 된 거야. 니니가 다른 사람들을 만나러 가는 걸까 봐. 학교에서 우연히 들은 이야기가 있어서. 아니, 이건 여기서 할 이야기는 아니고. 아무튼 내내 너희 둘뿐일 거라는 걸 알았다면 절대로 따라오지 않았을 거야. 더구나 니니가 지금까지 네 이야기를 해준 적이 없어서 더 걱정스러웠어. 대놓고 물어보면 제대로 알려줄 리도 없고."

아인은 꿋꿋이 이야기를 이어가면서도 드문드문 니니의 눈치를 살폈다. 그러다 니니의 시선이 새삼 차가워지면 하려던 말을 급하게 접어 숨겼다. 그럴 때마다 나는 서운함을 느꼈지만, 그건 니니가 나에게 무언가 숨기고 싶어 한다는 사실 때문이라기보다, 나와 니니의 세계보다 훨씬 깊고 견고해 보이는 아인과 니니의 세계에 대한 질투심 때문이었다.

그럼에도 아인을 향한 호감은 차곡차곡 쌓여갔다. 이리저리 경계하며 살펴보지 않아도 아인은 좋은 사람 같았고, 우리가 당한 것이 나쁜 목적의 스토킹이 아니라는 건 의심할 바 없어 보였다. 그처럼 누군가의 진심이 꾸밈없이 직선으로 내게 다가온 적이 없었다. 그가 니니를 각별히 아끼고 있고, 차마 말 못 할 어떤 위험으로부터 그 애를 지키기 위해 안간힘을 쓰고 있다는 사실이 다행스러웠다. 저렇게 티끌 없이 진심인 사람과 함께라면 어디에서든 니니가 무사할 수 있을 것 같았다.

"영혼이 어느 별에서 오는 거라면 니니와 나는 같은 별에서 온 게 분명해."

아인은 그렇게 확신했고, 니니는 겉으론 그를 비웃는 척했지만, 이어 나만 알아들을 수 있도록 한국말로 고백하듯 말했다. 속으론 자신도 그런 생각을 하고 있다고.

"같은 별까진 아니고, 바로 옆이나 지구와 달 같은, 뭐 그런 건 되겠다 싶었지. 그땐 행성이니 항성이니 그런 건 모르니까, 지구 밖에 있는 건 달 빼곤 다 별인 줄 알았는데. 나중에 그런 걸 알게 된 후론 아인이랑 나는 별에서 온 것 같은 사람이랑 행성에서 온 것 같은 사람을 구분하는 놀이를 했어. 스스로 빛날 줄 아는 별에서 온 사람이랑, 그 별의 빛을 받아야만 빛날 수 있는 행성에서 온 사람은 분

명 뭔가 다를 것 같다면서. 아인과 나는 안타깝게도 행성
에서 온 게 분명했지. 우린 스스로 빛을 내기는커녕, 그나
마 가장 가까운 별도 너무 멀어서 빛이 잘 닿지 않는 데서
온 것 같다고 꿍얼거리곤 했어."

니니가 말을 마치기를 기다렸다는 듯 아인이 "너도 반칙
이야."라고 했지만, 니니는 개의치 않고 나를 보며 히죽 웃
었다. 아인은 기대가 없어 실망이 존재할 수 없는 순수한 애
정을 머금은 눈으로 그런 니니의 웃음을 가만 바라보았다.

영어에 서툴렀던 아인과 나의 말은 본의 아니게 알맹이
만 남아, 옆으로 새는 법이 없이 서로의 마음을 향해 지름
길로 달려갔다. 그래서인지 타코 가게를 나와 두 블록쯤
걸었을 무렵엔 아인과 벌써 그럴듯한 친구가 된 기분이 들
었다. 그리고 우리에게 적당한 우연과 적당한 시간이 주어
진다면 나 역시 아인과 형제가 될 수 있을 것 같았다.

출발했던 역으로 돌아와, 역사 앞 건널목에서 아인과
헤어져 수키의 집을 향해 걸어가는 동안 내 걸음은 유난히
차분했다. 아인에게 건네받은 말의 수많은 알맹이 중 하나
라도 떨어뜨릴까 봐, 조심스러운 것처럼.

그날 니니는 아인에 대해 더 말해주지 않았다. 내가 묻지 않아서였을 수도 있지만, 내 안의 아인이라는 푯말을 단 작은 종지가 넘치기 직전이라는 것을 눈치챈 탓이었을 수도 있다.

"오늘 같은 날은 다시 없을 거야, 그치?"

현관 문고리를 당기기 전에, 니니는 문득 뒤에 서 있던 나를 돌아보며 그렇게 물었다. 나는 의당 고개를 끄덕였다. 똑같은 날은 다시 오지 않으니까. 두 번째 처음은 없는 법이니까. 오늘처럼 요상하게 즐거운 날은 쉽게 없으니까. 우연히 아인 같은 사람을 만날 일도 흔치 않으니까.

그러자 니니는 쓰라림을 참는 사람처럼 살짝 일그러진 시선으로 지그시 내 눈을 바라보았다. 순간 무언가가 어긋났다는 것을 직감하고도 나는 무엇이 잘못되었는지 몰랐다. 니니의 일면이 멀어져 가는 것처럼 느껴졌다. 여전히 코앞에 그 애의 얼굴이 있는데도, 그것이 그대로 멀어져 소리조차 닿지 않을 곳으로, 존재조차 느낄 수 없는 곳으로 사라져 버릴 것 같았다. 나는 급한 대로 손을 뻗어 니니의 팔을 움켜쥐었지만 소용없는 일이란 걸 알고 있었다.

니니는 자신의 팔을 부여잡은 내 손을 쓰윽 아래로 밀어 떨쳐내더니 현관문을 열었다. 그리고 내가 먼저 집으로 들어갈 수 있도록 몸을 비켜주었다. 힐끔 올려다보자, 니니는 희미하게 웃으며 고갯짓했다. 컴컴하고 서늘한 복도로 들어서는 걸음걸음, 나는 종전의 실수를 아쉬워했다. 허무하게 놓쳐버린 니니의 일면을 잡을 수 있는 그럴듯한 답 같은 건 여전히 몰랐으면서, 짐작도 못 했으면서.

지금도 나는 그 답을 모른다. 고개를 저었다면 그게 답이었을까. 또 있을 거라고 단호히 말했다면, 혹은 말없이 와락 끌어안았더라면, 차라리 밑도 끝도 없이 괜찮다고 다 괜찮을 거라고 웅얼거렸더라면, 그건 답이 될 수 있었을까. 그랬더라면 모든 게 달라졌을까.

‡2020‡

　석 달쯤 전에 경찰이 집에 찾아왔었어. 내게 니니의 죽음을 알릴 의무가 있었거든. 너도 알고 있겠지만, 법적으로는 내가 그 애의 보호자니까.

　멀지 않은 숲에서 백골이 된 시체가 발견되었는데, 그게 니니라는 거야. 경찰이 오기 전부터 그 시체에 대해서는 들어 알고 있었어. 난 한동안 신문을 보지 않고 지냈지만, 마주치는 사람마다 그 이야기를 했거든. 다들 요란 법석을 떠는데 난 시큰둥했지. 나랑은 상관없는 일일 줄 알았으니까.

　경찰은 여러 문제로 그 시체가 니니라는 것을 명확히

확인하고 내게 알리는 데까지 생각보다 시간이 걸렸다고 했어. 그 사이 그런 식으로 기사가 나가버린 것에 대해서는 안타깝게 생각한다고 했지.

그래, 안타깝다고.

사람들은 니니가 죽은 것도 안타깝고, 그 사실을 내가 너무 늦게 안 것도 안타깝다고 했어. 그나마 위안 삼을 건 기자나 이웃들이 시체의 이름을 나보다 먼저 알아내지 못했단 것뿐이었지.

그때까지 난 니니가 어딘가로 도망가 숨어 살고 있을 거라 생각했었어. 앨범에 스크랩해 놓은 마지막 기사를 읽은 뒤로 줄곧 그랬지. 그게 나에게 주어진 가장 좋은 선택지였고, 어차피 누구도 정확한 진실을 모르니 선택한 대로 믿을 수 있었어. 그 거지 같은 신문도 다음 날로 구독을 끊어버렸지. 새로운 정보로 믿음을 해치고 싶지 않았으니까.

나는 정말로 믿었어. 믿고 싶다는 마음이 나를 계속 믿게 했지. 혹시 그 기분 아니? 속은 텅 비었는데 겉이 한없이 단단해지는 어떤 알을 품고 있는 것 같은 이상한 기분인데….

그러거나 말거나 니니는 백골이 되어 돌아왔지. 내 안에 그 헛된 믿음이 생기기 전에 이미 그 앤 죽어 있었을지 몰라. 경찰 말로는 니니가 죽은 지가 아주 오래된 것 같다고 했거든. 아마 처음부터, 그러니까 우리가 그 앨 찾기 시작한 그때 이미 살해당했을 것으로 추정된다면서. 그리고 현장에서 별다른 흔적이 발견되지 않아 수사가 쉽지 않을 거라더구나.

근데 나는 말이야, 누가 그 앨 죽였는지, 이상하게 그런 건 하나도 궁금하지 않아. 누가 죽였든 그게 이제 와 나하고 무슨 상관인가 싶고.

나는 그 사건에 관심이 없어. 기사도 보지 않고, 경찰에도 더는 연락하지 말아달라고 말해두었어. 다들 내가 이상하다고들 해. 어떻게 그렇게 무심할 수 있냐며 대놓고 나무라는 이웃들도 있었고.

듣고 싶지 않지만 오다 가다 들어버린 말들에 따르면, 니니 아버지와 당시에 니니가 자주 만나던 남자애가 용의선상에 올라 있는 모양이야. 그러니까 거기 모아둔 기사 속 익명의 제보란 것들이 아주 헛소리는 아니었던 거지.

그 남자애가 니니를 스토커처럼 따라다녔다는 사실도 확인되었고, 니니가 사라진 날 오후에 학교 근처 버스정류장에서 니니와 그 남자애가 실랑이하는 모습을 본 목격자도 찾은 모양이더라.

그 남자애에 대해서는 잘 모르지만, 니니 아버지에 대해선 나도 좀 알지. 그 사람, 니니와 니니 엄마를 자기 인생의 오점이라고 생각했어. 그들을 하나의 독립적인 인간으로 보지 않았고. 특히 니니에 대해선 더했지.

니니 엄마에게 한몫 뜯어내고 친권을 포기했지만, 그런 건 자기가 그 애의 아버지라는 사실에 아무런 영향을 주지 않는다고 생각했어. 법적으로 내가 그 애의 보호자가 되고 난 뒤에도 그는 나를 니니 엄마가 구해놓은 보모 취급했지. 그러거나 말거나, 난 상관하지 않았어. 어차피 나는 누구의 부모도 되고 싶지 않았으니까.

간혹 니니가 그의 심기를 거스르면, 잔뜩 술에 취한 채로 나를 찾아오곤 했어. 애 단속을 잘하라고 위협도 했지. 엄한 물건을 걷어차거나 쓰러트리거나 던져버리면서. 그래도 내게 직접 해코지를 하진 않았어. 나는 그 사람의 소유물이 아닌 게 분명했으니까. 남의 것은 함부로 건들지 않는다나. 그런 인간에게도 나름의 원칙과 소신이 있거든.

니니를 죽였대도 이상할 게 없는 사람이지만, 나는 그 사람이 범인이 아니길 바라. 그래도 니니의 아버지니까. 이런 생각을 하는 걸 보면 나도 고루하지. 나이가 들수록 더 그렇게 되네. 천륜이니 뭐니, 돌아가신 부모님이 하던 말들이 자꾸 떠올라. 이렇게 멀리 도망쳐 왔는데도 완전히 도망칠 순 없었나 봐.

나는 늘 잃어버려. 잡아야 할 때 제대로 잡지 못하고 뒤늦게 후회하지. 다시 기회가 온다면 잃지 않을 수 있을 것 같지만, 그렇지도 않아. 상황이 약간 바뀐 것뿐인데도 멍청하게 또 잃고, 또 후회해. 안타깝게도 인간은 잘 변하지 않거든.

여기서 계속 니니를 기다린 건 8할이 내 이기심 때문이었어. 이번엔 잃은 게 아니길 바랐고, 후회하고 싶지 않았지. 내가 달라졌다고, 그러니까 행복해질 자격이 있다고, 니니가 돌아오는 것으로 그 사실이 증명되길 바랐어.

언젠가 니니가 그랬지. 인간은 희망을 먹고 산다고. 비유적 표현이 아니라, 말 그대로 몸속에서 희망이 다 사라지면 영혼부터 서서히 굶어 죽게 된다고.

수키는 자신이 온몸에 퍼져버린 암 때문이 아니라 희망을 다 잃어 굶어 죽어가고 있는 거라고 말하고 싶은 것 같았다. 굳이 더 말을 잇지 않은 건 내 눈을 보았을 때 그럴 필요가 없다는 걸 느꼈기 때문이었을 것이다. 나는 그녀의 말을 있는 그대로 받아들였다. 사람은 희망 같은 것 때문에 죽지 않는다거나, 다시 희망을 찾아보자는 말 같은 건 하지 않았다. 그럴 필요를 느끼지 못했다. 수키의 말이 명징한 사실처럼 들렸으니까. 어쩌면 나도 단 한 방울의 희망마저 다 잃고 나면 굶어 죽을지도 모른단 생각이 들 정도로.

"희망의 재료는 뭘까. 그걸 만드는 방법을 알았다면 살릴 수 있었을까."

어젯밤엔 침대에 누워 수키를 떠올리다, 나도 모르게 그 생각을 소리 내어 뱉고 말았다. 그러자 침대 헤드에 몸을 기댄 채 책을 읽던 남편이 "누굴?" 하고 물었다. 무엇으로 희망을 만들든 말든, 그런 건 상관도 없는 것처럼. 오로지 내가 살리고 싶었던 사람이 누구인지만 중요한 것처럼.

그러나 나는 그에게 '수키'라고 말해줄 수 없었다. 그가 물었을 때, 순간 떠오른 사람이 수키가 아닌 니니, 그리고 스무 살 나 자신이었기 때문이다.

그제야 그때 수키가 했던 말이 내가 생각했던 것과는 전혀 다른 의미였을지 모른단 생각이 들었다. 누가 니니를 죽였는지 따윈 궁금하지 않았다는 말이나, 자신은 늘 잃어버리고서야 후회한단 말도.

그리고 오래전 아인이 했던 말이 그 순간만을 기다려 온 것처럼 불쑥 떠올랐다.

"나는 니니가 불 앞에 앉아 있는 것만 봐도 가끔 무서워. 웃으면서 이야기하다가도 갑자기 불길 속으로 뛰어 들어가 버릴 것 같아서, 말릴 틈도 없이."

그 뒤로 니니를 볼 때마다 내가 애써 외면했던 묘한 불안을 수키도 느꼈다면, 그녀가 잃은 건 니니만이 아니었을 거다. 나처럼 그 앨 위해 무엇이든 해볼 수 있었던 비겁하지 않은 자기 자신도 함께 잃었을 테니까.

‡2000‡

하루는 수키와 단둘이 산책을 한 적이 있는데, 원래는 시립미술관에서 열리는 인상파인지 야수파인지의 전시를 보러 가기로 했으나 하필 휴관이었다. 다행히 미술관으로 가는 버스에 오르기 전, 길에서 만난 수키의 이웃이 그 사실을 일러주었다.

햇살이 닿으면 희미하게 금빛이 도는 밝은 백발의 이웃은 우리보다 더 아쉬워하며 수키의 손을 꼬옥 쥐더니 알아들을 수 없는 말을 몇 마디 늘어놓았다. 그러다 문득 눈을 동그랗게 뜨며 탄성을 뱉더니, 급히 해야 할 일이 있는데 깜빡할 뻔했다며 짧은 인사를 남기곤 총총 멀어져 갔다.

수키와 나는 작고 통통하며 그림자마저 다정해 보이는 그녀가 멀어져 가는 모습을 한참 바라보았다. 마치 그녀가 서두르느라 우리에게 새로운 목적지를 정해주는 일을 잊고 가버리기라도 한 듯이. 그리고 기다리다 보면 그녀가 '아차' 하고 돌아와 '해야 할 말이 있는데 깜빡할 뻔했다.'라고 하면서 그것을 알려주기라도 할 것처럼.

목적지를 잃고 망연해진 수키와 나는 서먹해하며 딴청을 부리다가 다시 집 쪽으로 걸음을 옮겼다. 전날까지 구름 뒤에 숨어 있느라 갑갑했던 모양인지, 정오의 태양은 오래간만에 외출한 강아지처럼 천진하게 빛을 쏟아내고 있었다. 날은 여전히 차가웠고 그늘진 곳에는 채 녹지 않은 눈이 남아 있을 정도였는데도 정수리가 뜨거워지는 느낌이 들었다.

얼른 집에 들어가 이불 속으로 파고들고 싶었다. 새벽녘까지 니니와 이야기를 나누느라 잠이 부족한 탓도 있었지만, 천장이 비스듬히 기운 수키의 집 2층 작은방에 여전히 고여 있을 서늘한 어둠이 벌써 그립기도 했다.

창을 닫고 커튼을 드리워 놓으면, 옷깃 스치는 소리가

들릴 만큼 고요하고, 낮인지 밤인지 시간의 흐름을 느끼기 어려운, 침대 발치에 놓인 쇠로 된 히터로는 방을 다 데울 수 없어 두터운 담요와 이불로 붙잡아둔 자신의 온기에 의존해야 하는 그 방이 왜 그리 내 마음을 평온하게 만들었는지 모르겠다.

오래된 마루에서 풍겨 올라오는 향이라든가, 수줍게 제 주변만을 밝히던 작은 백열등의 빛깔, 수키가 뜨개바늘로 직접 뜬 러그나 쿠션 싸개 같은 것들이 때때로 떠올라 아직도 내 마음을 붙잡아 이끈다.

그 방에서 보내는 시간은 인생의 열외로 특별히 부여받은 여분같이 느껴졌다. 거기서 나는 해야만 하는 일도 하지 말아야 하는 일도 없이, 누군가가 바라는 모습의 나이기 위해 애쓸 필요도 없이, 그때그때 내키는 대로 살아도 된다는 허락을 받은 듯 자유로운 기분을 느꼈다. 어린 시절 잡동사니를 모아두던 상자처럼 사소하지만 터무니 없이 소중한 작은 세계의 주인이 된 것 같았다.

수키는 내가 그 방의 주인 노릇을 하게 내버려두었다. 청소를 한답시고 내 물건들의 보기 흉한 질서를 깨트리거나, 갑자기 문을 벌컥 여는 일도 없고, 애초에 노크를 하는 일조차 없었다. 수키는 나를 깨우지 않았고, 밥 먹으라 재촉하는 법도 없었다. 너무 늦었으니 그만 떠들고 자라거나, 음량을 줄이라거나, 여기까지 왔으니 나가서 좀 돌아다니라는 식의 잔소리를 하지 않았고, 어느 시간엔 나가도 되고 어느 시간엔 안 된다거나 하는 규칙을 세우지도 않았다.

그렇다고 그녀가 내게 무심했던 것은 아니다. 필요하다고 느낄 때 수키는 늘 곁에 있었다. 수키는 서둘러 어른이 되고 싶어 하던 나에게는 되도록 거리를 두었고, 어쩔 수 없이 철없는 면모를 드러낼 때는 한 걸음 다가와 주었다. 한때는 수키 같은 부모가 되고 싶다고 생각했었는데, 부모가 되어보니 어쩌면 그녀가 단 한순간도 부모였던 적이 없어서 그런 적절한 거리를 유지할 수 있었는지도 모른단 생각이 든다. 내 몸을 통과해 세상에 나온 존재와 한 몸처럼 붙어 온갖 최초의 순간들을 함께해 놓고 적절한 거리를 둔다는 것이 도리어 부자연스럽게 느껴진 탓이다.

부모와 자식만큼 감정적이고 비이성적인 관계가 있을까. 부모가 된다는 것은 끊임없이 특별한 인력에 대항해 싸우는 일 같다. 잠시 누군가의 아이를 맡아둘 때처럼 자신이 옳다고 믿는 대로 행동하기란 거의 불가능하다. 끝 모르는 애착을 자제하는 것보다 옳다고 믿는 바를 수정하는 일이 훨씬 수월하기 때문에 저도 모르는 사이 자신을 합리화한 다. 그러고도 남은 약간의 불합리는 사랑이란 이름으로 정 당화한다. 사랑의 큰 특징 중 하나가 바로 그 약간의 불합 리니까.

"수키는 엄마가 되고 싶지 않다고 했어. 막 열 살이 된 내게 그렇게 말해놓곤 선택을 하라고 했지. 새로 엄마를 찾을래, 아니면 여기서 나랑 살래? 하고. 그땐 무슨 이런 어른이 다 있나 했어. 보통은 엄마가 되어주겠다고 하거 나 그냥 모른 척 보내버리잖아. 내가 뭔가 잘못한 건가, 그 사이 수키에게 밉보인 걸까 생각했어. 그때 수키가 그러 더라고. 이건 네 문제가 아니라 내 문제야. 나는 네 부모가 되고 싶지 않은 게 아니라, 부모라는 게 되고 싶지 않은 거 야. 아무래도 내가 꽤 상처받은 얼굴을 하고 있었나 봐. 수 키는 내가 새 부모를 찾고 다른 집에 가서 산다고 해서 우 리의 관계가 변하는 건 아니라고 했어. 그럼 수키랑 나는 무슨 관계인데요? 하니까 수키가 곰곰 생각하더니, 가족이 아닐까? 하더라. 그리고 덧붙였지. 아직은 마땅한 지칭어가 만들어지지 않은 가족인 것 같다고."

어느 밤, 망설임 끝에 니니에게 수키와의 관계를 물었을 때 니니는 그렇게 말해놓고 해죽 웃더니, 이젠 굳이 마땅한 단어가 필요하다고 생각하지 않는다고 했다. 내가 장난스레 그럼 우리는 뭘까? 하고 묻자, 니니는 입을 길게 다문 채 내 눈을 빤히 바라보았다. 마치 너는 어떻게 생각하느냐는 물음처럼. 가만 니니와 눈을 맞추고 누워 있는 동안 생각했다. 우리 역시 마땅한 단어가 만들어지지 않았고, 굳이 마땅한 단어가 필요치도 않은 관계가 아닐까, 하고.

그때 그 투명한 니니의 눈동자가, 그 안에 담긴 아름다운 빛이, 더는 세상에 존재하지 않는다는 것이 나는 여전히 믿어지지 않는다.

✝

그날 미술관 근처에도 가보지 못한 채 다시 현관 앞에

다다랐을 때, 수키가 주머니에서 열쇠를 꺼내려다 말고 내게 말했다.

"조금 더 걸을까? 저쪽에 괜찮은 카페가 있어. 벌써 니니와 다녀온 곳일지 모르지만."

그럴 리 없다는 걸 수키도 알았을 것이다. 니니와 나는 만연한 전염병을 피하려는 사람들처럼 집에 틀어박혀 놀기만 했으니까. 수키는 그런 식으로 자신의 제안을 거절할 기회를 준 것이었지만, 그때의 나에겐 그런 의도를 파악할 만큼의 눈치가 없었다.

쨍한 가로수 길을 따라 걷는 동안, 수키가 엄마에 대한 의례적인 질문을 던졌는데 이미 공항에서 차를 타고 오는 동안이나 간혹 단둘이 식사를 할 때 묻고 답했던 것들임에도 나는 아무렇지 않은 척 같은 답을 내놓았다. 그 가로수 길에서 수키와 나눈 대부분의 말은 있어도 없는 것이나 마찬가지인 무의미한 것들이었지만, 하나 기억에 남는 말이 있다.

색색의 옷가지가 걸려 있는 작은 상점의 쇼윈도에 시선을 붙잡혀 버린 내가 걸음을 약간 늦췄을 때였다. 수키는 그런 나를 재촉하기는커녕 따라 걸음을 멈추며 말했다.

"너를 보면 옛날 생각이 날 때가 많아. 그럴 때면, 그때의 나는 지금 어디에 있을까 궁금해져."

이해할 수 없는 말을 던져놓고, 수키는 성큼 나아가 상점 문을 열더니 내게 손짓했다. 안쪽으로 깊숙이 뻗은 상점 안은 밖에서 보기보다 넓었다. 화려한 색의 기묘한 문양이 수놓아진 옷들이 벽을 따라 줄지어 있었고, 한 가운데 놓인 두 개의 동그란 탁자 위에는 손으로 만든 투박한 액세서리들이 가득했다. 카운터 너머에서 물건들을 정리하고 있던 상점 주인은 수키를 보더니 내가 알아들을 수 없는 그들의 언어를 쏟아내며 우리에게 다가왔다.

희고 고른 이가 다 보이고 그 끝에 검은 골이 생길 정도로 시원스레 미소를 지으며 다가온 그녀가 꺼내놓은 말에 수키는 별다른 대꾸를 하지 않고 어색하게 웃기만 했다. 내가 수키를 몰랐다면 그녀가 상점 주인을 싫어하는 것인가 했겠지만, 이미 수키에 대해 어느 정도 파악하고 있었기에 그런 생각은 들지 않았다.

상점 주인의 말이 멎은 틈을 타 수키가 나를 소개하자,

그녀가 나에게 불쑥 손을 내밀며 수이아오미랄까, 수오미랄까, 스우미랄까, 나로선 들은 그대로를 똑같이 재현할 재간이 없는, 아마도 그녀의 이름이리라고 짐작만 가능한 단어를 뱉어냈다.

나는 수키의 눈치를 슬쩍 보다가 그녀의 손을 맞잡으며 내 이름을 말해주었다. 그러자 상점 주인은 엇비슷하기는 커녕 전혀 다른 단어라고 해도 믿을 만한 발음으로 내 이름을 두어 번 뱉어보더니, 그때부턴 그것을 내 이름인 양 종종 수키와의 대화 속에 끼워 넣었다.

그녀를 수키에게 맡겨두고 혼자 가게 안을 둘러보는 동안, 내 이름은 아니지만 나를 지칭하는 게 분명한 단어가 그녀의 입에서 튀어나올 때면 나도 모르게 움찔하고 그들의 이야기에 귀를 기울이게 되었다. 그래 봐야 조금도 알아들을 수 없었는데 말이다.

나는 상점 주인이 지어준 새 이름을 니니에게 알려주었는데, 니니는 나를 놀리고 싶을 때나, 한국에서의 나와 그곳에서의 나를 별개의 존재처럼 구분하고 싶을 때 종종 그 이름을 가져다 썼다. 그리고 니니는 "그녀가 여기서 쓸 이름을 지어주었으니까, 너는 그녀가 한국에 가면 쓸 이름을 지어줘야 할 의무가 있어."라고 주장하기도 했는데, 나는 끝내 그녀의 이름을 수미라고 지어줄지 소미라고 지어줄지 결정하지 못했다. 그런 쓸데없는 기억이 왜 이리 오래 남아 있는 것인지 모르겠다. 정작 기억했더라면 좋았을 것들은 어디론가 사라져 버렸는데.

에메랄드빛 둥근 스톤이 달린 브로치를 가만 내려다보고 있는데 카운터에서 전화벨이 울렸다. 드디어 상점 주인에게서 놓여난 수키가 내게로 왔다. 수키는 내가 바라보고 있던 브로치를 말없이 집어 들더니, 나의 차림새를 요모조모 뜯어보았다. 수키의 손에 들린 채, 코트의 오른쪽 깃과 왼쪽 깃, 돌돌 둘러매고 있던 머플러를 지나 남색 체크무늬 천으로 된 크로스백으로 갔던 브로치는 결국 내 손에 쥐어졌다.

"저기 거울이 있어."

수키가 카운터 앞쪽에 놓인 전신 거울을 가리키자, 전화를 받으며 우릴 바라보고 있던 상점 주인이 반기듯 손짓했다.

"사려는 건 아니에요."

내가 머뭇거리자 수키는 대보기만 하는 데에는 돈이 들지 않는다며 뒤에서 어깨를 가볍게 잡아 쥐고선 나를 거울 쪽으로 떠밀었다. 수키에게 그런 저돌적인 면이 있다는 것을 처음 알았으므로 당혹스러웠지만, 못 이기는 척 거울 앞으로 나아갔다. 대보기만 하는 정도는 괜찮을 것 같았다. 실은 그 브로치가 꽤 마음에 들었기에, 만약 가격 뒤에 0 하나가 빠져 있었다면 수키가 그러기도 전에 먼저 사겠다고 나섰을 것이다. 그만한 돈이 없었던 것은 아니었다. 딱히 필요도 없는 물건을 사기 위해 그만한 돈을 쓰기로 결정할 자격이 아직 나에게 없다고 생각했을 뿐이었다.

상점 주인과 수키는 브로치를 이리저리 대보는 나를 잠잠히 지켜봐 주었다. 목도리 귀퉁이에 브로치를 달아보았을 때 수키는 느긋하게 고개를 끄덕였고, 상점 주인은 작게 소리 없는 박수를 쳐주었다. 하지만 끝내 내가 브로치를 풀어 제자리에 가져다 두려 하자, 수키가 자신에게 달라는 듯 양손을 내밀었고, 나는 그녀에게 그것을 내어주었다.

수키는 상점 주인에게 뭐라 말을 하더니 손짓으로 아까

보았던 쇼윈도에 걸린 카디건을 가리켰다. 상점 주인은 기다렸다는 듯 종종 달려가 마네킹이 어깨에 가볍게 걸치고 있던 도톰한 카디건을 벗겨 왔다. 작은 주머니가 달려 있고 그 위에 들꽃 서너 개가 소담하게 박힌 옷이었다.

수키가 지갑을 열고 상점 주인이 옷과 브로치를 포장하기 시작할 즈음이 돼서야 사태를 파악한 나는 수키 곁으로 다가가 나직이 속삭였다.

"아니에요."

"뭐가?"

"사달라는 거 아니었어요."

"알아."

흥겨워 콧노래를 부르며 브로치를 넣은 작은 상자에 핑크색 리본을 묶고 있는 상점 주인을 보며 이미 늦은 일이란 생각이 들어, 수키의 옷자락을 살짝 쥐며 말했다.

"그럼 제가 돈 낼게요."

그러자 수키는 자못 심각해진 얼굴로 말했다.

"나 이거 널 위해서 사는 거 아니야."

순간 어찌나 민망했던지 그대로 자리를 박차고 나가고

싶은 것을 간신히 참았다. 묘해진 분위기를 읽은 상점 주인은 작위적인 미소를 머금은 채 아까보다 반 톤 높아진 목소리로 조잘거렸다. 수키는 그녀가 내어준 쇼핑백을 받아 들고 돈을 건넸다. 계산이 끝나고 수키가 가게를 나서기 위해 앞장서 걷기 시작할 때까지, 나는 고개를 푹 떨어뜨린 채 애먼 발끝만 바라보고 있었다.

상점을 나섰을 때 밖은 여전히 낮이 한창이었다. 영원히 오후가 오지 않고, 저녁도 밤도 오지 않아서, 2층 작은 방에 돌아갈 일도, 학교에서 돌아온 니니를 만날 일도 다시는 생기지 않을 것 같았다.

가게를 나선 이래로 나는 수키에게서 두 걸음쯤 떨어져 그녀의 뒤를 따랐다. 수키가 말한 카페에 도착할 때까지 말은 오가지 않았다. 가끔 수키의 손에 들려 가볍게 흔들리는 푸른색 쇼핑백이 시야에 들어오면 애써 다른 곳으로 시선을 돌렸다. 도로의 차들은 느리고 얌전해서 반쯤 오수에 빠진 것처럼 보였다. 간간이 가로수와 가로수 사이 혹은 건물과 건물 사이를 오가는 새들조차 한없이 여유로워 보여서, 그 풍경 안에 날 선 존재는 오로지 나 하나뿐인 것 같았다. 그때는 잠시 한국이 그리웠다. 역시 여긴 내가 있을 만한 곳이 아니란 생각이 들기도 했다.

카페에 다다라서야 나를 돌아본 수키는 앉고 싶은 테이블을 고르라고 했다. 아무 일도 없었다는 양, 태연히. 나는 수키가 화가 나서 그러는 것이라 생각했고, 더는 그녀의 기분을 상하게 만들지 않기 위해 신중히 카페 안을 둘러보았다. 수키가 구석지면서도 바깥이 잘 내다보이는 자리를 좋아한다는 니니의 말을 떠올리며, 홀에서 약간 돌아앉는 구석의 창가 자리를 골랐다.

웨이터가 메뉴판을 가져오자, 수키는 메뉴를 하나하나 번역해 주었다. 재료가 길게 나열된 식사 메뉴와 음료, 디저트까지 한 글자도 빼놓지 않고 다 일러준 뒤에야 웨이터를 불러 먼저 주문을 한 뒤 내 쪽으로 메뉴판을 돌려주었다. 나는 수키와 웨이터를 번갈아 바라보다 아까부터 내심 정해두었지만 구태여 나서서 표명할 생각은 없었던 나의 선택을 찬찬히 손가락으로 가리켰다.

내가 메뉴의 이름을 가리키면 수키가 그것을 소리 내 읽어주었다. 수키는 중간중간, 얼마나 익히는 게 좋겠어?

면은 굵은 거, 아님 가는 거? 사이드는 감자로 할까, 양파로 할까? 하는 세세한 것까지 꼼꼼히 확인했다. 주문이 끝나고 한숨을 돌리고 나니, 수키가 지그시 나를 바라보다 아까 상점에서 산 쇼핑백을 내밀며 말했다.

"너를 보면 옛날의 내가 생각난다고 했잖아. 그 애한테 주려고 산 거야. 근데 알다시피, 그 앤 이미 여기 없잖니? 네가 대신 받아주면 조금 위로가 될 것 같은데, 그래 줄 수 있겠어?"

그럼에도 내가 머뭇거리자, 수키는 고개를 돌려 창밖을 내다보며 말을 이었다. 흥미 없는 기사를 대신 읽어주듯 무심한 목소리로.

"자라면서 나는 갖고 싶은 걸 가져본 적이 거의 없었어. 가져도 된다고 허락된 것만 가졌고, 나중엔 아예 그럴 만한 것들만 원하게 되었지. 그럼 서러울 일도, 미워할 일도 없으니까. 정신을 차리고 보니 나는 살아가는 데 꼭 필요한 게 아니면 욕심조차 안 내는 사람이 되어 있었지. 그런데 누가 그러더라. 즐거움은 보통 쓸데없는 데 들어 있다고. 알아도 늦은 일이었지. 이미 손쓸 수 없을 만큼 나는 굳어져 있었으니까.

대다수 어른은 애들을 가만두면 마냥 하고 싶은 대로 할 거라고 생각해. 애가 원하는 거라면 뭐든 일단 의심하고 막고 보는 게 자신들의 의무라 여기는 부모도 많고. 어떤 애들은 엔간한 어른보다 눈치가 빠르고 참을성이 뛰어나서, 가슴속으로 조용히 혼자 바라는 일마저 조심한다는 걸, 그러다 질식할 때까지 제 가슴을 틀어막을 수도 있다는 걸, 그런 어른들은 상상도 못 하지. 인간은 자기 기준으로 생각하기 쉬우니까. 누구의 잘못이랄 것도 없어. 그냥 세상이 그렇게 돌아가는 곳인 거지. 누구의 잘못이라면 고치면 될 텐데 그럴 수도 없는 거야. 별수 없이 어딘가 고장난 줄 알면서도 대충 적응하고 살지.

그래도 말이야. 가끔 참을 수 없이 서러워지고 억울해져서 뭔가 바꿔보고 싶을 때가 있거든. 그냥 안 하던 짓을 해보고 싶을 때가 있잖아, 안 그래?"

그리고 수키가 나를 돌아보며 희미하게 웃었을 때, 나는 그녀와 내가 어딘가 닮은 것 같다고 느꼈다. 눈도, 코도, 입도, 턱선도, 머리색이나 눈썹도 아닌, 이상한 말이지만 만일 얼굴 안에 어떤 공백이 있다면 그 공백이 아무래도 닮은 것 같다고.

나는 그제야 테이블 위에 놓여 있던 쇼핑백을 조심스레 내 쪽으로 끌어당겼다. 고이 접혀 있던 카디건을 펼쳐 어깨에 걸치고, 야무지게 묶인 리본을 풀어 브로치를 상자에서 꺼내 가방에 달아보았다. 그사이 식전 음식을 가져온 웨이터는 선물 받은 옷을 입은 나를 보며 찬사로 예상되는 말들을 쏟아냈고, 수키는 만족스러운 얼굴로 그 말에 동조했다.

얼마 전 남편이 내게 수키는 어떤 사람이었냐고 물었을 때, 그날 일이 떠올랐다. 무슨 말을 해야 할까 고민하다 "나랑 어딘가 닮은 분이었어." 하니 남편은 그럼 더 물을 필요도 없겠다는 양 가만히 고개를 끄덕였다.

나를 다 아는 듯이, 그러니 충분한 것처럼.

‡2020‡

수키는 그만 자야겠다고 했다. 혼자 끌어안고 있던 이
야기를 털어놓고 나니 편안해졌는지 두 볼에 희미하게나
마 핏기가 돌아왔다. 수키는 간병인을 불러달라고 했지만
나는 간단한 일이라면 내가 돕겠다고 말했다. 수키에게 약
병과 물을 가져다주고, 그녀가 약을 삼키는 것을 기다렸다
가, 그새 굳은 몸을 편히 뉘도록 거들었다. 목 끝까지 이불
을 당겨 올려 정돈해 주는 동안 수키는 아기처럼 얌전했
다. 할 일을 마친 내가 몸을 일으키자, 수키는 기다렸다는
듯 눈꺼풀을 내리감았다.

그런 그녀가 영영 깨지 않을 듯 보여서 나는 바로 자리

를 뜨지 못했다. 힘껏 귀를 기울여야만 들을 수 있는 엷은 숨소리를 한참 동안 듣고 있다가, 곧 올라온 간병인에게 자리를 맡기고서야 그 방을 나설 수 있었다.

홀로 거실로 돌아가 20년 전 늘 앉던 소파 자리에 몸을 파묻었을 때 앨범은 내 손안에 있었다. 방을 나서기 전, 간병인이 그것이 깜빡 두고 온 내 물건이라도 되는 것처럼 내주기에 덥석 받아 들고 나와버린 탓이었다.

무릎 위에 놓인 앨범을 내려다보며 과거 아인과 니니가 해준 이야기를 떠올렸다.

"나를 니니의 남자 친구로 아는 사람들이 있어. 그런 게 아니지만 우린 굳이 부정하지 않아. 왜냐하면…."

"사람들이 생각하고 싶은 대로 두는 게 편하니까. 진실은 대체로 골치 아픈데, 사람들은 간단한 것만 좋아하거든. 배배 꼬인 진실을 멋대로 풀어 헤쳐서 더는 진실이라 볼 수 없는 간단한 것으로 만들어보려고 피곤하게 굴지. 사실 아인이 애인이든, 친구든, 형제든, 아무것도 아니든, 무슨 상관일까? 그런데도 그 문제에 열을 올리는 사람들이 있어. 자기가 믿고 싶은 대로 사실이 확인되지 않으면

견딜 수 없는 사람들이지. 굳이 싸울 필요 없잖아? 그 사람들이 그렇게 믿는다고 해서 아인이 내 애인이 되는 것도 아니니까."

아인이 말을 더 잇지 못하도록 뒤를 가로챈 니니가 장황설을 늘어놓는 동안, 아인은 다 뱉어내지 못한 까슬까슬한 모래 같은 말을 입안에 억지로 물고 있는 아이처럼 보였다. 나는 그 안에 담긴 말이 궁금하면서도 아인이 끝내 그것을 뱉지 않아 다행이라고 생각했다. 니니가 그러기를 바라니까, 라고 그때는 생각했지만 실은 무의식적으로 모래 같은 불편한 이야기를 듣고 싶지 않았던 것 같다.

니니를 죽였다는 의심을 받는 사람이 설마 아인일까. 그렇다면 수사는 전제부터 틀린 셈이었다. 아인이 니니를 죽이다니, 그런 일은 일어날 수 없었다. 적어도 내가 아는 세계에선 그랬다.

아무래도 아인을 만나러 가봐야겠다는 생각이 들었다. 난 그가 니니의 애인이 아니었다는 것을 분명히 알고 있으니, 무언가 도움이 될 수 있지 않을까 싶었다.

‡2000‡

"영혼이 있다고 생각해?"

"글쎄, 넌?"

"나는 있다고 생각해. 그리고 더 희한한 생각도 하지."

"뭔데?"

"실은 모든 사람의 영혼이 저마다 다른 별에서 온 게 아닐까, 하는? 사실 자기 별에선 죄다 비슷한 영혼끼리 모여 사는 거야. 그래서 다들 같은 것을 옳다고 느끼고, 같은 것을 지향하며 사는 거지. 그렇게 자신과는 영 다른 사람을 받아들일 필요가 없는 세상에서 살던 영혼들이 이 작은 지구에 다 같이 모여 살다 보니 세상이 복잡해진 거고."

"왜 다들 여기 온 건데?"

"대표로 조사하러 온 거지. 어떤 별과 교류하면 좋은가, 어떤 별은 근처에도 가지 말아야 하나, 각자가 정보 수집가이자 전달자인 거지. 이렇게 아웅다웅 살다가 자기 별로 돌아가면 보고를 하는 거야. 예를 들어 네가 죽으면 너희 별에 가서 말하겠지? 니니란 사람의 별과는 가까이 지내 볼 만하겠더라고."

"그럼 너도 가서 그렇게 말하겠네. 은재네 별에는 놀러 가봐도 좋을 거라고."

"그러니까 우린 죽어서 다시 만날 수 있을지 몰라."

"음, 근데 그거 말이 좀 그래. 왠지 살아선 다시 못 만날 것 같잖아."

"그런가? 하여간 따지고 보면 우린 서로에게 다 이상한 사람인 거야. 모두 다른 별에서 왔고, 누구에게나 단 한 가지도 이상하지 않은 사람은 없을 테니까."

그 이야기를 나눌 때, 우리는 어둠이 내려앉은 가로수 길을 걷고 있었다. 그날도 언제나처럼 야밤에 시시껄렁한 이야기를 나누다 혼자 잠이 들고 말았는데, 새벽이 밝아오기 전 얼핏 깨어보니 옆에서 웅크리고 앉아 창밖을 내다보고 있는 니니의 등이 눈에 들어왔다. 부스스 몸을 일으키자, 니니가 내 쪽으로 고개를 돌리며 기다렸다는 듯 말했다.

"우리 잠깐 나갈까?"

"어딜?"

잠이 덜 깨 벙벙한 내가 되묻자, 니니는 대답을 하는 대신 얼른 몸을 일으켜 저 구석에 걸려 있던 내 코트를 가져와 건넸다.

"현관 앞에서 만나. 나도 방에 가서 겉옷 챙겨 입고 그리로 갈게."

니니는 신이 난 아이처럼 방을 나가버렸고, 당황할 만큼의 정신도 챙기지 못한 나는 방금 니니가 주입한 말대로 멍청히 몸을 움직였다. 느릿느릿 아래층으로 내려갔을 때, 니니는 아직 거기 없었다. 현관 앞에 다다라 벽에 기대어 잠시 눈을 감고 있자니 저만치서 방정맞은 걸음 소리가 들려왔다.

수키가 깨면 어쩌지, 하는데 옆에서 니니의 기척이 느

껴졌고 딸깍하는 소리가 났다. 문이 열리고 찬바람이 밀려 들어 뺨을 스치니 정신이 바싹 들었다. 반사적으로 눈꺼풀을 들어 올리자 니니의 얼굴이 시야 가득 들어왔는데, 두 볼이 미소로 부풀어 있었다. 순간 우리가 어디로 가려는 것인지는 몰라도, 그 애가 나를 아주 좋은 곳으로, 그래서 영영 잊을 수 없는 순간으로 데려가리란 확신이 들었다.

아직 잠기운이 남았던 것일까, 아니면 낯선 도시의 밤 기운 때문이었을까. 그때의 기억은 유독 꿈처럼 아득하고 아련하다. 그날 니니와 걸었던 그 어둑한 세상이 내가 온 생애를 살아온 이 세상과 같은 세상이라는 게 가끔 믿기지 않을 정도로.

밤의 가로수 아래서 별을 말하며 걷는 동안 니니는 평소의 서너 배쯤 들떠 보였다. 때론 니니에게서 느껴지는 흥분이 나를 불안하게 만들 만큼 인위적으로 느껴지기도 했다. 머지않아 우린 익숙한 길을 벗어났고, 점점 더 빨라지는 니니의 걸음을 따라잡느라 나는 우리가 있는 곳이 어디인지 알 수 없게 되었다. 그러나 니니가 내 손을 굳건히 잡고 있으니 걱정이 되지는 않았다. 내가 서 있는 곳이 어디든, 이내 다다를 곳이 어디든, 그런 건 내 곁에 니니가 있다는 사실에 비하면 조금도 중요하지 않았다.

"이제부터는 힘을 더 내야 해."

우리는 가파른 길을 오르기 시작했다. 차선이 그려지지 않은 차도 가장자리의 보도를 따라 한참을 걸었다. 왼편으론 높은 축대가 쌓여 있었고, 오른편으론 낮은 주택들이 이어졌다. 집들은 어스름 속에서도 정성스레 가꿔진 티가 났다. 머지않아 휑한 나대지가 나타나며 막혀 있던 시야가 트였다. 비스듬히 깎여 내려가는 나대지에는 어두워 수종을 알 수 없는 앙상한 나뭇가지들이 정신없이 얽혀 있었지만 그다지 시야를 가리진 않았다.

문득 니니가 걸음을 멈추고 잡았던 손을 슬며시 놓으며 몸을 틀어 먼 데를 바라보기에, 나도 따라 시선을 옮겼다. 그새 밤이 옅어져 있었다. 땅에는 어둠이 아직 묵직하게 자리를 지키고 있었지만, 하늘엔 빛이 슬며시 고개를 들고 있었다. 까맣게 잠들어 있는 도시의 실루엣 위로 가로등이나 어느 집 창가에서 흘러나왔을 작은 불빛들이 곳곳에 흩어져 있어 방금 떠나간 밤이 별들을 흘려놓은 것만 같았다.

그때 공기의 온도를 기억한다. 그 향과 밀도, 촉감, 그리고 온몸의 감각을 날 서게 만들던 설렘, 폐부 깊숙한 곳까지 스며들던 생기와 살갗을 자꾸 스치던 서늘한 공허함까지도.

허나 그 기억은 사실이 아닐지 모른다. 기억은 꺼내어 볼 때마다 왜곡된다고 하니까. 닳도록 그 기억을 꺼내 보았으니, 그것은 사실이란 말을 붙이기 우스울 만큼 구부러져 있을 것이다. 그 기억뿐일까. 어떤 기억들은 경험적 사실이라기보다 환상에 가까워져 있을 수 있다. 갈수록 나를 덤덤하게 만드는 세월에 저항이라도 하듯, 기억을 꺼내볼 때마다 보다 아름다운 쪽으로 과거를 구부리게 되니까.

"너와 날이 밝아오는 것을 보고 싶었어. 아니 어쩌면 어둠을 밝히던 작은 불빛들이 마침내 쉬러 가는 것을 보고 싶었던 건지도 모르고."

니니의 그 말 뒤로, 우리는 밝아오는 것들과 꺼져가는 것들을 새벽처럼 고요히 바라보았다.

오감으로 느껴지는 모든 것이 나를 황홀하게 했다. 특

징 없는 도시 위로, 어제도 그랬고 내일도 그럴 것처럼 날이 밝고 있는 것뿐인데도, 잠시지만 곁에 니니가 있다는 사실조차 희미해질 정도로 감탄이 차올랐다.

한참 만에 니니가 그만 돌아가자고 말했을 때, 아쉬운 마음이 일었지만 나는 가만히 고개를 끄덕였다. 날이 밝는 건 매일 벌어지는 일이니까, 그것이 아무리 황홀한 일일지라도 집착할 일은 아니란 생각이 들어서였다.

돌아오는 길의 니니는 한껏 차분해져 있었다. 밤이 물러가는 길에 니니의 기묘한 흥분을 가지고 가버리기라도 한 것처럼. 날이 밝자 같은 길을 걷는데도 새로운 길을 걷는 듯한 기분이 들었다. 아까는 보이지 않던 것들도 하나둘 눈에 들어왔다. 낮은 담 너머로 들여다보이는 정원의 조형물이라든가, 지나치게 단정하게 다듬어져 안쓰러움을 자아내는 사철나무라든가, 다섯 개도 넘는 이름이 나란히 쓰인 아기자기한 명패라든가, 갓 색을 칠한 듯 선명한 어느 집 파란색 대문이나 축대의 한 부분을 크게 차지하고서 봄을 기다리며 잠들어 있는 덩굴식물 따위가 내 시선을 붙들었다.

호기심 어린 눈으로 주변을 둘러보는 나를 위해 니니는 걸음의 속도를 늦췄다. 때론 내가 보지 못한 어느 구석에 앉아 있는 자그마한 새를 먼저 발견하곤 나직이 일러주기도 했다.

평지에 이를 즈음, 니니가 걸음을 멈추더니 저만치 작게 난 골목을 응시하며 말했다.

"아인이 사는 곳에 가볼래? 여기서 별로 멀지 않거든. 깨어 있다면 아침을 얻어먹을 수 있을 거야. 전에 너 프렌치토스트 좋아한다고 했잖아, 아인이 그걸 정말 잘하거든. 레시피를 알려달래서 그대로 해봤는데 도통 그 맛이 안 나더라. 똑같은 빵집에서 빵을 사고, 똑같은 우유랑 버터, 시럽을 넣었는데도 말이야."

말이 다 끝나기도 전에 내가 고개를 끄덕이자 니니가 싱긋 웃으며 나를 골목 방향으로 이끌었다. 좁은 골목을 따라 얼마쯤 걷고 나니 아인의 집에 닿았다. 막다른 길 끝에 위치한 그의 집은 아주 작았다. 담은 곧 무너질 것 같았고 곳곳이 닳은 대문은 어쩐지 불안함을 자아냈다. 그럼에도 저 안쪽에 자리 잡은 붉은 벽돌집에서 풍기는 정다운 온기가 마음을 끌었다. 겨울이라 그렇지, 여름의 푸름이 무성해지고 화분의 꽃들이 만발한다면 자그마한 정원도 충분히 화사해질 것 같았다.

긴 판자들을 엮어 하얀 페인트를 칠해 만든 대문은 니니가 슬쩍 손을 대었을 뿐인데 스윽 열렸다. 낯선 사람이 집에 침입해도 짖기는커녕 반가워 꼬리만 흔든다는 이모네 강아지가 떠올랐다. 집을 향해 정원을 가로지르는 동안 그 허술함이 어쩐지 아인과 어울린다는 생각을 하는데, 그런 내 머릿속을 읽은 것처럼 니니가 말했다.

"답답할 정도로 착한 사람들은 말이야, 다들 자기처럼 착한 줄 알고 산다니까. 나쁜 사람도 있다는 걸 알긴 아는데, 그 사람들이 무슨 짓을 할지 미리 상상해 보는 법이 없어. 당하고 나서야, 아, 맞다, 세상엔 이런 사람도 있으니 조심해야지, 하지. 심지어 아인은 그런 쪽으론 좀 멍청한 구석이 있어서 당하고도 잘 잊어. 불과 몇 개월 전에 도둑이 들었는데도 이런 식이지. 뭐, 별로 훔쳐 갈 게 없기는 해. 그 도둑도 괜한 수고를 했다 싶었을 거야. 아인은 물욕이 거의 없거든. 대체 걔는 무슨 재미로 세상을 사나 몰라."

현관 앞에 선 니니는 문을 두드리거나 소리쳐 아인을 부르는 대신 문고리를 잡아 돌렸다. 역시나 허무하게 문이 열렸다.

"바로 이런 식이지."

니니는 한숨 어린 말을 뱉어놓고 먼저 집 안으로 들어섰고, 나는 뒤를 따랐다. 안으로 긴 복도가 깊게 이어졌는데 동굴처럼 컴컴했다. 저 끝의 작은 창에서 빛이 새어 들어오고 있었지만 복도를 다 밝히기엔 미약했다. 이른 시간에 막무가내로 남의 집에 찾아온 게 실례가 아닌가 싶어 조심하는 나와 달리 니니의 걸음은 거침이 없었다. 응접실 문을 벌컥 열고 두리번두리번 살펴보더니, 또 성큼성큼 앞으로 나아가 주방 문을 열어젖히고는 말했다.

"여기서 기다릴래? 내가 가서 아인이 깨워 올게."

"그러지 말고 우리 그냥 돌아갈까? 자는 사람을 깨울 필요까지는."

"괜찮아. 어차피 일어나야 할 시간인걸. 평소 같으면 벌써 일어나 맹한 얼굴로 커피를 마시며 새들을 구경하고 있을 텐데…."

말끝을 흐리며 니니는 혼자 주방 문을 나서더니 이내 시야에서 사라져 버렸다.

아인의 주방은 단출했다. 창가 맞은편에 좁은 싱크대와 가스레인지 그리고 작은 오븐이 놓여 있었고, 그 옆으로 아이보리색 냉장고와 반쯤 채워진 선반들이 늘어서 있었다. 한가운데 놓인 아일랜드 식탁 옆엔 높은 빨간색 스툴 두 개가 있었는데, 아무래도 빨간색을 좋아하는 니니가 선물했거나 적어도 그 애의 영향으로 거기 있는 것 같았다.

전에는 하늘색이었으리라 짐작되는 벽의 타일들은 시간의 흐름을 이기지 못해 다소 빛이 바랬고, 가구니 바닥이니 곳곳에 흠집도 많았지만, 반듯이 정돈된 그릇들이나 물때나 얼룩 하나 눈에 띄지 않는 싱크대 같은 곳에서 아인의 깔끔한 성향이 드러났다.

예전에 도둑이 들었다는 말을 떠올리며 주방을 찬찬히 둘러보는데, 과연 그날 도둑은 무엇을 훔쳐 갔을까 궁금해졌다. 눈앞의 물건들은 하나같이 정성스레 관리되어 있었지만 닳았단 느낌을 주었다. 쓰기엔 무리가 없지만 중고로라도 팔기에는 어딘가 부족해 보이는, 오로지 그 물건을 그리워할 이유가 있는 사람에게만 가치가 있을 법한 것들 뿐이었다. 아마 주방만이 아니라 다른 곳에 있을 물건들도 별반 다르지 않을 것 같단 생각이 들었다.

그나마 번쩍거리는 것들은 그때 다 훔쳐가 버렸는지도 모르지, 하는데 툭툭 걸음 소리가 들리더니 문가에 니니가 나타났다.

"아인이 없네. 벌써 나갔나 봐. 이 새벽에 어딜 갔지?"

니니는 아쉬운 눈치였지만 나는 도리어 다행스러웠다. 갑자기 쳐들어와 아침을 내놓으라 할 만큼 그와 친한 것도 아니고, 그럴 만큼 뻔뻔하지도 못한 나는 아까부터 니니의 말에 고개를 끄덕인 것을 후회하던 참이었다.

"그냥 집에 가자. 아까는 걷느라 몰랐는데 난 지금 밥보 단 잠이 필요한 것 같아."

결국 그날 니니와 나는 그대로 집으로 돌아갔다. 아인 네 집 문을 애초에 그랬던 것처럼, 원하는 누구에게나 열 리도록 남겨둔 채로.

‡2020‡

오랜 시간이 지난 후에야 비로소 그 의미가 밝혀지는 일들이 있다. 모르는 사이 미래를 향한 씨앗이 주머니에서 떨어져, 혼자 보이지 않는 곳에서 자라다가 정해놓은 때가 되면 몰라보게 달라진 모습으로 시선을 끄는 것이다.

니니와 날이 밝아오는 것을 보았던 날, 아인의 집에 갔던 일은 실수였다고 생각했었다. 괜한 걸음을 했고, 주인도 없는 집을 허락 없이 구경한 것도 어쩐지 마음에 걸렸다. 도둑맞은 것조차 쉽게 잊는 아인이라면 대수롭지 않게 여겼을 문제이니, 그저 내 마음의 문제였다.

나는 어려서부터 필요 이상 반듯한 아이였고, 조금이라

도 품행이 흐트러지는 꼴을 남에게 보이고 싶어 하지 않았다. 흐트러지는 일은 오로지 수키 집 2층 작은방에서만 허락되었다. 나의 내면에 혹독한 감시관이 있었는데, 그를 잠재울 수 있는 곳이 오로지 그곳뿐인 것 같았다.

그 감시관은 여전히 내 안에 있지만 그때에 비하면 한없이 관대해진 편이다. 나이를 먹어간다는 게 그런 일인지도 모른다. 그때의 실수가 실수가 아니고, 최선이 최선이 아니며, 최악도 최악이 아니었단 걸 깨닫는 경험을 쌓아가며, 완벽할 수 없는 자신에게 서서히 너그러워지는 일.

해묵은 기억을 더듬은 끝에 20년 만에 아인의 집에 닿았을 때, 나는 모르는 사이 전날보다 한 줌은 더 자신에게 너그러워졌을 것이다. 실수가 아닌 실수를 또 하나 발견했으니까.

아인의 집은 그대로였다. 이제 와 돌이켜 보면 그럴 수가 있을까 싶지만 그때는 당연한 일처럼 여겨졌다. 낡은 대문에 조심스레 손을 대어보자 미약한 힘에도 문이 스륵 열렸는데, 순간 아인이 아직 거기 살고 있으리라는 걸 확신할 수 있었다.

대문을 열어 놓고도 나는 안으로 쉬이 걸음을 옮기지 못했다. 뒤늦게 초인종을 찾아보니 우거진 덩굴식물 사이로 푸르스름한 버튼 같은 것이 눈에 띄었다. 초인종을 눌러보았지만, 힘없이 푹 꺼지는 느낌으로 보아 안에서 무언가가 끊어져 고장이 난 것 같았다.

나는 한 발을 안으로 밀어 넣으려다가 말기를 반복하다 그 자리에 주저앉은 채 정원 너머 벽돌집을 가만 바라보았다. 창들은 대체로 커튼에 가려져 있었고, 하나의 창만이 안을 드러내고 있었는데 그마저 어둡다는 것 외에 알아낼 수 있는 게 없었다. 안이 어둡다고 해서 거기 사람이 없으리란 법도 없었지만 나는 서서히 흐려지고 있는 결심에 대한 핑계를 찾고 있었으므로 아인이 집에 없을지도 모른단 의심을 품기 시작했다.

그냥 돌아가자며 몸을 일으키는데, 뒤에서 가까워지는 발걸음 소리가 들렸다. 그리고 고개를 돌려보니 거기 아인이 있었다.

"너를 다시 보게 될 줄은 몰랐어. 설마 이렇게 찾아와 줄 줄은…. 그래서 고마워. 그러니까 내 말은 반갑다는 거야. 아니, 나는 그러니까…."

우리는 주방의 빨간 스툴에 앉아 서로를 마주 보고 있었다. 아인은 아까 본 덩굴식물처럼 덥수룩해진 머리를 긁적거리며 말을 이어가 보려 애썼지만 끝내 잇지 못했다. 괜찮아, 무슨 말인지 알 것 같아. 말해주고 싶었지만 나 또한 입을 열 수 없었다.

그리고 오래 이어지던 침묵을 깬 건 아인이었다.

"커피와 차 중에선 커피지?"

그걸 어떻게 알았는지는 빤했다. 니니에게 들었겠지. 아인에게 나에 대한 이야기를 늘어놓았을 니니의 천진한 미소, B플랫으로 시작하는 기타 연주 같은 목소리, 5분의 1쯤 감긴 나른한 눈꺼풀 따위가 그려져 가슴이 일렁였다. 얼른 고개를 끄덕이자 아인은 내 안에 고인 감정을 눈치챈 것처럼 잠시 멈칫하더니 서둘러 몸을 일으켰다.

커피를 내리는 아인을 기다리며 둘러본 그의 주방은 손잡이들이 기억에서보다 반질반질해 보인다거나, 타일의 색이 탁해졌다거나, 식탁이나 바닥에 작은 흠집이 더 늘었나 싶은 것 외엔 그다지 변한 게 없었다.

그 한결같음에 배어 있는 아인의 수고가 그려졌다. 끊임없이 닦고, 손보지 않고선 불가능한 일이었을 테니까. 스물엔 그런 게 보이지 않았다. 그땐 새롭고 화려한 것들에만 눈이 가고 마음이 동했다. 그대로인 것이 그대로이기 위해 때론 새로운 무언가를 만들어내는 것보다 더 많은 노력이 필요하다는 걸 몰랐다.

모르므로 빤히 보고도 보지 못한 것들이 얼마나 많았을까. 사위를 둘러보다, 오래전 니니가 서 있던 문가에서 멎은 시선을 한참 거기 두었다. 그때 보지 못한 것들이 새삼 보이기를 바라며. 그러나 나타나는 것은 없었다. 니니가 다시 그곳에 나타날 수 없는 것처럼 그때 보지 못한 것들도 되돌아올 수 없는 곳으로 사라져 버린 모양이었다.

'다시 만났다면 너에게 물을 수 있었을까. 내가 미처 보지 못한 것들에 대해.'

피어오른 생각이 알갱이가 되어 입 밖으로 굴러떨어질 것 같았지만, 그럴 틈을 주지 않고 아인이 돌아와 생각에 잠긴 나를 깨웠다.

"향이 그리 좋진 않을 거야. 어제 갈아놓은 원두로 내린 거라."

이미 좋은 향이 주방 안을 가득 메우고 있는데도 아인은 변명 같은 말을 늘어놓더니, 종이로 접은 꽃을 선물하고 부모의 반응을 기다리는 아이처럼 빤히 나를 바라보았다. 내가 떠밀리듯 컵을 집어 들고 급하게 한 모금을 넘긴 뒤 감탄을 담은 미소를 짓자 그제야 아인의 입가에도 미소가 번졌다.

그 미소가 머무는 동안, 찰나지만 스무 살이었던 때로, 그러니까 니니가 우리 곁에 존재하던 때로 돌아간 것만 같은 기분이 들었다. 잠시 니니가 자리를 비웠을 뿐인 것처럼, 집 안 어딘가에 그 애가 있어서 곧 우리에게로 돌아올 수 있는 듯이.

그러나 안타깝게도 어른의 몽상은 아이의 것처럼 오래가지 않아서, 그 기분은 컵에서 피어오른 수증기같이 순식간에 사라져 버렸고 결국 쓸쓸한 현실만이 남았다. 나는 울고 싶지 않아서 입을 열었다.

"수키에게 들었어. 니니에 대해. 아무래도 일이 너에게 안 좋게 흘러가고 있는 것 같더라. 사람들이 크게 오해를 하는 것 같고."

잠시 이야기를 멈추고 아인의 기색을 살폈다. 그는 커피가 아닌 물이 담긴 상아색 머그잔을 두 손으로 감싸 쥔 채 허공에 시선을 던져두고 있었다. 나는 재촉하지 않고 아인의 대답을 기다렸다. 니니라면 분명 그렇게 했을 테니까.

한참 만에 아인이 말을 뱉어냈다. 뒷장까지 배기도록 서툴게 글씨를 적는 아이처럼 꾹꾹 눌러서.

"내가 니니를 죽인 게 맞아."

아인의 초록색 눈동자가 젖어 있었다. 곧 쏟아질 듯 눈물이 차올랐다기보다 안개에 젖은 여린 잎사귀처럼 보였다. 설움도 슬픔도 느껴지지 않았다. 온갖 색의 감정을 다 쏟아내 투명해지고 투명해지다 곧 보이지 않게 될 것 같은 빛이 감돌았다.

그의 말을 곧이곧대로 믿기에 나는 너무 어른이었고,

내 안에 남아 있는 아인의 알갱이들이 여전히 말짱했으므로, 아인의 위악적인 고백은 나를 포함해 우리 주위의 그 어떤 것도 흔들어놓지 못했다. 내 담담한 시선이 그에게 어떤 확신을 주었는지, 아인은 엷은 미소를 지어 보이고선 다시 허공을 응시한 채 입을 열었다.

"그날 니니를 끝까지 붙잡았더라면, 평소처럼 끈질기게 그 애 뒤를 밟았더라면, 불길함을 느꼈을 때라도 그 애를 찾아 나섰더라면, 차라리 내가 먼저 그 사람을 죽여버렸더라면."

일순 아인의 눈빛이 선명해져 나를 긴장시켰다. 그러나 그의 광기 어린 생기는 허무하리만치 금세 사그라졌고, 아인은 유약해진 시선을 떨어뜨린 채 말을 이었다.

"내가 니니를 죽인 셈이야. 누가 뭐라든 나는 그렇게 생각해. 그러니 그들이 나를 감옥에 집어넣거나 사형을 시킨다 해도 억울하지 않아."

"그렇게 되면 진짜 범인을 놓치게 되는 거잖아."

"진짜 범인은 죽었어."

그렇게 말하며 아인이 나를 바라보았을 때, 나는 놀라

얼어붙은 작은 의심을 다 숨기지 못했다. 아인은 내 속을 읽은 것처럼 말했다.

"걱정 마. 내가 죽인 게 아니니까."

"넌 뭔가 알고 있는 거구나? 그런데 왜 경찰에겐 이야기 하지 않아?"

"말해도 믿어주지 않을 테니까. 어쩌면 그들 중 일부도 이미 알고 있을지도 몰라."

"그럼 다른 데에 도움을 구해보자. 언론이나 시민단체도 있고, 요즘은 그 외에도 여러 가지 방법이 많잖아."

"소란스러워지는 게 싫어. 어차피 범인은 죽었는데 그게 다 무슨 소용이야? 그런다고 니니가 살아 돌아오는 것도 아니잖아. 난 그 애의 시신을 찾게 된 것만으로 만족해. 영영 못 찾을 줄, 그렇게 영원히 니니를 잃어버린 줄 알았는데."

"니니는 네가 감옥에 가는 걸 원하지 않을 거야."

"아니, 니니는 이해할 거야. 사람들 속에서 진실을 밝히느라 안간힘을 쓰는 것보다 감옥에 갇히는 편이 지금의 나에게 더 나은 일이란 걸 알 테니까. 더는 그 어느 쪽으로도

애쓰고 싶지 않아. 나는 날 때부터 그런 종류의 인간인데,
니니를 찾아 헤매는 동안 너무 오래 나답지 않게 살았어.
발에 맞지 않는 구두를 신고 쉬지 않고 걸었던 거야. 이제
와 맨발로 걸어보려 해도 겨우 한 걸음 내딛자니 비명이
날 만큼. 무슨 말인지 이해가 가?"

　이해할 수 없었대도 고개를 끄덕였을 것이다. 나의 부
정이 찬바람이 되어 밀려가 그에게 남아 있는 생의 온기마
저 꺼뜨릴까 두려워서.

‡2000‡

당시 그 도시에 살던 사람 중 내가 안다고 말할 수 있는 사람은 네 명뿐인데, 수키와 니니, 아인, 그리고 세실이었다.

세실을 만난 건 세 번째 수요일, 식사를 마치고 습관처럼 응접실에 모여 앉아 있던 저녁이었다. 수키의 잔에 담긴 와인이 반쯤 줄었을 때 세실이 찾아왔다. 첫 번째 초인종의 여운이 다 가시기도 전에 디디디딩동 하고 연거푸 울려 퍼진 리드미컬한 소리에 니니가 놀란 토끼같이 쫑긋 몸을 일으키더니 환한 미소를 머금은 채 현관을 향해 달려갔다.

수키는 대사를 읊을 수 있을 만큼 자주 본 영화의 다음 장면을 기다리는 사람처럼 심드렁하니 니니의 뒷모습을 바라보았고, 나는 호기심을 감추지 못한 채 그런 수키와 니니를 번갈아 바라보았다.

현관 자물쇠가 경쾌하게 열리는 소리, 귀퉁이가 녹슨 문이 열릴 때 나는 찌뿌둥한 잡음, 그리고 팟 하고 터져 나온 샴페인 거품 같은 목소리들이 이어졌다. 뒤늦게 나의 시선을 느낀 수키가 내 쪽을 보며 '그렇게까지 대단한 사건은 아니야.'라는 말처럼 손에 들고 있던 잔을 입술에 가져다 대더니, '저기 오네, 네가 궁금한 그 사람들.' 하듯 무심히 거실 입구 쪽을 향해 고갯짓했다.

시선을 돌리니 니니가 동화책 속 풍요의 여신처럼 보이는 여자의 어깨를 감싸안은 채 거실로 들어서고 있었다. 그녀의 이름이 세실이라는 걸 알게 된 것은 우습게도 그녀와 헤어진 뒤였는데, 세실이 자신의 이름을 말해주었는데도 내가 그것을 제대로 알아듣지 못한 탓이었다.

세실은 나를 발견하자마자 부처님 동상을 보며 매일 연습해서 만들어진 것 같은 온화한 미소를 지어주고는 수키

에게로 다가가 맞은편에 비어 있던 의자에 앉았다. 니니는
흐뭇한 얼굴로 그들을 바라보더니 주방으로 총총 사라졌
다가 빈 와인잔 하나를 들고 나타나 세실에게 건넸다. 마
침내 내 곁으로 돌아온 니니는 막 이야기를 나누기 시작한
수키와 세실을 바라보며 말했다.

"저 두 사람을 가만 바라보고 있으면 드디어 집에 돌아
온 것 같은 기분이 들어. 계속 집에 있었는데도 말이야."

짐작할 수 없는 기분이었지만 그 말이 애틋하게 들렸
다. 누군가에게 사랑한다는 말을 처음 들었을 때처럼 가슴
속이 간지러웠다. 니니는 두 사람에게서 눈을 떼지 못했
고, 나는 미소로 동그랗게 부푼 니니의 뺨에서 눈을 떼지
못했다.

그러거나 말거나 수키와 세실은 자신들만의 이야기로
바빴다. 나직하고 빠른 목소리들이 촘촘히 얽혀서 그들을
둘러싼 투명한 벽을 만들어내는 것 같았다. 그 안에서는
여기가 들리거나 보이지 않고, 여기서만 그 안이 보이거나
들리게 만드는 묘한 벽을.

니니는 두 사람의 대화에 집중했고 가끔 우스운 이야기

로 저쪽에서 웃음이 터져 나올 때면 자기도 숨어서 웃듯이 작게 웃음을 터트리곤 했다. 그럴 때면 나는 어쩐지 혼자 덩그러니 버려진 기분이 들었다.

미지의 언어로 이어지는 두 사람의 이야기를 알아들을 수 없었을뿐더러 니니가 나의 존재를 전혀 신경 쓰지 않는 눈치라, 새 장난감이 생긴 아이의 가장 소중했던 낡은 장난감이 된 기분이었다. 그럼에도 나는 그 순간이 어서 빨리 지나기를 바라지 않았다.

아마 가장 소중했던 낡은 장난감들은 바랐을 것이다. 저 구석에 남겨져 지켜보는 동안에도, 어떤 식으로든 자신의 아이가 즐겁기를.

버스가 끊길 무렵이 돼서야, 세실이 집에 돌아가기 위해 몸을 일으켰다. 그녀는 거실을 나서기 전, 내게 다가와 짧은 포옹을 건넸다. 그리고 선물 하나를 주었는데 '당신의 사랑을 지켜줄 거예요.'라는 글귀가 새겨진 얇은 반지였다.

받기만 하는 것은 예의가 아니라는 생각에 얼른 방으로 뛰어가 한국에서 챙겨 온 기념품 하나를 그녀에게 답례로 건넸는데, 그게 복주머니 모양의 열쇠고리였는지 아니면 서울타워 모양의 마그넷이었는지 기억나지 않는다.

그날 밤 니니에게 듣기로 세실의 가방 한 귀퉁이에 그런 반지들이 수십 개쯤 들어 있는데, 그녀는 특별한 인연이란 느낌이 드는 사람을 만나면 손에 잡히는 대로 반지를 꺼내 선물한다고 했다. 상대에게 필요한 말을 운명이 알아서 선택해 주길 바라며.

니니는 자신이 세실에게 받은 반지를 보여줬는데 거기 적힌 글귀는 '사랑이 당신을 지켜줄 거예요.'라고 했다.

"신기하지 않아?"

나는 반짝이는 니니의 두 눈을 보며 홀린 듯 고개를 끄덕이면서도, 머릿속으로 아마 그건 우연이나 운명이 아닌 니니를 위한 세실의 재치 있는 배려였을지도 모른다는 생각을 했다. 그때 나는 운명 같은 걸 믿지 않았다. 그런 걸 믿는 건 아둔하고 나약한 사람들이나 하는 일이라고 배웠으니까. 운명이니 하는 이야기가 길어질까 봐 나는 얼른 화제를 돌렸다.

"수키와 세실은 어떻게 친구가 된 거야?"

내 물음에 니니는 즐거움을 반쯤 빼앗겨 버린 아이처럼 실망한 얼굴로 손바닥에 올려두었던 자신의 반지를 내려다보며 답했다.

"예전에 세실이 우리 엄마 애인이었어. 엄마가 남자 보는 눈은 끔찍했는데 여자 보는 눈은 훌륭했거든. 어려선 줄곧 세실 같은 어른이 되고 싶다고 생각했어. 엄마도 그러기를 바랐고. 여기 살게 되기 전까진 가끔 아빠를 피해서 엄마와 함께 세실네 집으로 도망을 가곤 했어. 엄마는 수키를 가장 믿으면서도 살짝 어려워했거든. 그래서 본능적으로 내달릴 땐 발이 세실네 집으로 향했던 거지. 이미 오래전에 헤어진 연인이고, 그것도 남자랑 결혼해서 애를 낳고 남들처럼 살고 싶다며 홀연히 떠나버렸던 주제에 말이야. 우리 엄마 정말 굉장하지? 그렇게까지 모질고 나쁜 사람은 아닌데 어른이 되고도 어른이 되지 못했어. 천성이 이기적이고 회피적이기도 했고.

엄마가 세실과 사귈 때부터 수키는 세실을 알았고 두 사람의 관계도 알았던 모양이야. 홀연히 사라져 버린 엄마를 대신해 수키가 나를 맡게 되었다는 걸 알게 된 뒤로 두 사람이 급격히 친해졌는데, 처음엔 어떻게든 엄마의 행방을 찾아보려 했던 거 같아. 그런데 결국 두 사람이 서로 도와가며 나를 키우게 되었지. 수키가 바쁠 때면 의당 세실이 와서 나를 돌봐주곤 했어. 참 이상한 사람들이지? 수키나 세실이나. 나는 자식을 버리고 간 엄마보다, 마땅히 그래야 하는 일처럼 나를 돌봐준 두 사람이 더 이해가 안 돼. 그런 거 보면 내가 영락없이 엄마 아빠 딸인 거겠지."

니니는 내려다보고 있던 반지를 오른손 네 번째 손가락에 다시 끼우고는 나를 돌아보았다. 니니의 눈동자가 지나치게 담담해서 나라도 대신 눈물을 흘려야 할 것 같은 기분이 들었다. 마음으로부터 수많은 말들이 쏟아져 나와 머릿속을 맴돌았지만 어떤 것도 정답이 아닌 것 같았다. 정답이 아닐 바에야 아무 말도 하지 않는 편이 낫다고, 나는 그렇게 배우고 자랐으므로 끝내 입을 열지 않았다.

니니는 내 눈을 가만 바라보다 그만 자야겠다는 말을 남기고 자신의 방으로 돌아갔다. 창 너머의 어둠이 옅어지기 시작한 참이었지만 평소의 패턴을 생각하면 잠자리에 들기엔 이른 시간이었다. 방을 나서는 니니의 뒷모습을 바라보는 동안 어긋남을 느꼈다. 가지런히 줄을 긋고 있다가 삐끗 손이 멋대로 움직여 버린 것처럼.

달리 할 일이 없었으므로 침대에 몸을 뉘었지만 잠이 오지 않았다. 날이 온전히 밝을 때까지 잠들지 못했고, 그 뒤로도 선잠을 잤다. 니니의 눈이 전처럼 다정하게 나를 봐주지 않을까 봐, 이어질 밤에는 니니가 나의 방에 찾아오지 않을까 봐, 아둔한 내가 침묵으로 모든 것을 망쳐버린 걸까 봐, 초조해서 몸을 뒤척였다. 잠들지 못하는 낮을 보내는 동안, 니니가 전에 읽어주었던 수키의 문장들이 틈틈이 떠올랐다.

물질이 그런 것처럼 사랑도 처한 상황에 따라 그 성질과 형태가 변한다. 여기서 특히 주목해야 할 사실은 본질이나 질량이 변하는 것이 아니라 조건에 따른 상태가 변할 뿐이라는 것이다. 알알이 굴러다니던 사랑이 얼어붙으면 가시처럼 뾰족해지고, 때론 말랑말랑하다가 단단해졌다가 바스스 부서져 버리기도 한다. 우리는 어떠한 관계를 맺음으로써 사랑의 모습이 일정하

129

게 유지되기를 기대하지만, 관계가 상황을 담보할 수 없으므로 기대는 절망으로 귀결되기 십상이다. 상황이 만들어지는 데는 셀 수 없이 많은 변수가 존재하므로 어떠한 의지와 노력이 있더라도 기대를 온전히 충족시키는 길을 만들어내기는 어렵다. 그러므로 누군가를 사랑한다는 건 어떤 식으로든 절망을 각오해야 하는 일인 것이다.

니니의 곁에 바투 엎드려 함께 읽었던, 그 애 손으로 직접 적어 내렸을 작고 까만 글씨들이 감고 있는 눈꺼풀 안에서 아른거렸다.

문득 나도 니니가 모르는 언어를 알았다면 좋았을 거란 생각이 들었다. 그럼 무슨 말이든 뱉어놓고 니니가 그게 무슨 말이냐고 묻거든, 가끔 그 애가 깜찍하게 말하듯이 "네가 지금 생각하고 있는 바로 그 말."이라고 말해줄 수 있었을 텐데, 그럼 우린 날이 다 밝아올 때까지 함께 있었을지 모르는데, 하는 식의 허튼 생각들이 꼬리에 꼬리를 물었다.

비로소 저녁이 되어 다시 니니를 마주했을 때, 걱정으로 지새운 시간이 허무해질 만큼 니니는 그대로였다. 언제나처럼 다정하게 웃어주었고, 따뜻하게 내 어깨를 감싸안곤 시시한 이야기를 반짝반짝하게 늘어놓았다. 그리고 늦은 밤이 되자 내 방으로 찾아왔다.

'우리'가 여전하기를 그렇게나 초조해하며 바랐으면서도, 니니가 그처럼 아무렇지 않다는 사실이 묘하게 나를 수치스럽게 했다. 정해진 수순처럼 니니가 들고 온 수키의 책을 읽어 내리는 동안, 전날 밤의 일로 오만가지 생각을 했던 내가 바보 같다는 생각이 들었다.

실로 내가 바보이기는 했다. 니니는 아무렇지 않았던 게 아니라 그런 척을 했을 뿐이란 사실을 알아차리는 데만 그 뒤로 수년의 시간이 걸렸으니. 그러나 지금의 내가 그 밤으로 돌아간다 한들 니니에게 무슨 말을 할 수 있을까.

그 애의 아픔은 미지의 언어로 쓰여 있었고, 여전히 나는 그 언어를 모른다. 이제 와 알게 된 것도 그 애가 아팠다는 사실이지 아픔 그 자체가 아니다. 그 아픔을 이해할 수 있는 언어를 배울 길은 없겠지만, 비단 그런 길이 있다

해도 나는 모르는 채로 여기 남아 있을 것이다.

그때나 지금이나 나는 비겁한 사람이니까.

‡2020‡

니니의 묘가 있다는 공원으로 향하는 동안, 전날 아인에게 들은 이야기들이 산만하게 떠올랐다.

"그때는 지금하고 분위기가 달랐잖아. 더구나 니니의 아버지는 대다수 사람보다 훨씬 더 고루했고. 자기 딸이 여자에게 끌린다는 걸 인정할 수 없었던 거야. 바로잡아야 할 문제로 인식했지. 그런 게 일종의 병이라고 생각하던 시절에 태어나 자란 사람이고 자신이 아는 것이 전부라 여기는 사람이었으니까.

자식을 학대하는 사람들의 공통적인 특징이기도 해. 늘 자식을 의심하면서 스스로는 의심하지 않아. 그리고 자신이 옳다고 믿는 방향으로 자식을 고치고 바꾸려 하지. 너를 위해서라고 말하지만 실은 그 고치고 바꾼다는 행위를 통해 자신의 힘과 소유권을 확인하고 싶은 거야. 때론 없는 문제를 찾아서라도 그 행위를 정당화시키려 하고.

니니는 자기 엄마가 도망친 게 아닐지도 모른다고 의심하고 있었어. 어려서는 몰랐는데 갈수록 그런 생각이 든다고. 어쩌면 처음엔 도망친 걸 수도 있지만 결국에 돌아오지 못한 건 같은 이유가 아닐 것 같다고. 그 사람, 그러니까 자기 아버지가 죽였을 수도 있다고 생각한 거야.

니니가 사라지고 나도 비슷한 의심을 했었어. 그럴 만큼 그 사람이 니니에게 위협적인 존재였고. 네가 수키의 집에 머무는 동안에도 니니가 많이 두려워했었어. 혹시라도 그 사람이 너에게까지 해코지를 할까 봐. 수키에게 별다른 해를 끼치지 못하는 것만 봐도 그럴 리는 없다고 니니를 달래곤 했는데 실은 나도 두려웠어. 솔직히 말하자면 네가 해를 입을까 봐 두려웠다기보다, 그게 니니의 마음을 다치게 할까 봐 두려웠지.

그래서 네가 머무는 동안 틈만 나면 수키의 집 주변을

맴돌곤 했어. 아침이고, 낮이고, 밤이고, 새벽이고, 대중이 없었지. 가만히 있다 어쩐지 불안한 마음이 들면 그리로 뛰어가곤 했던 것 같아. 타코 가게에서 만난 날도 그러다 너희 뒤를 쫓았던 거야."

그래서였을까, 니니가 밤마다 나를 찾아와, 해가 밝아올 때까지 곁에 누워 끝없이 이야기를 늘어놓았던 건.

그 작은 방 안을 메우던 행복이 니니의 불안을 재료로 만들어진 것일 수도 있단 생각이 들자 눈이 질끈 감겼다. 그건 아닐 거라고, 니니도 행복했을 거라고, 나도 모르게 여러 번 소리 없이 되뇌는 동안, 나는 북적이는 광장 한복판에 멈춰 서 있었다.

생각이 가신 뒤에도 눈을 뜨기가 두려웠다. 사람들이 나를 이리저리 피해 지나가는 게 느껴졌지만 별수 없는 일이었다. 엄마가 안다면 별것도 아닌 일로 남에게 피해를 끼친다며 혀를 끌끌 차겠지. 남편이 안다면 사람이 살다 보면 남에게 피해를 끼치는 때도 있는 거지 할 테고. 그리고 니니가 안다면.

니니라면 내게 가장 필요한 말을 해주었을 것이다. 나

로선 상상도 할 수 없는, 듣고 나서야 그 말이 내게 필요했다는 것을 깨닫게 되는.

"니니의 잘못된 취향을 고쳐야 한다는 평계로 그 사람은 니니를 이용해서 돈을 벌었어. 협박조로 자기가 소개한 남자들을 만나게 하고, 그 남자들에게 이런저런 평계로 돈을 빌리고 갚지 않는 식이었지. 니니를 만난 남자들은 그게 일종의 비용이라 생각하고 넘어갔고. 처음엔 나도 까맣게 몰랐어. 수키는 아마 아직도 모를 거야. 사람들은 그 남자들을 니니의 애인이라고 생각했거든. 그냥 가볍게 즐기며 만나는. 니니 스스로 그렇게 보이기를 바랐어. 아버지가 돈을 받고 자기를 파는 셈이라고 알려지는 것보단 그렇게 보이는 편이 낫다고 생각했으니까. 그 남자들 중엔 니니를 진심으로 좋아한 사람도 있었고, 반대로 니니가 자신을 좋아한다고 착각해 스스로 애인이라 자부하던 사람도 있었으니, 사람들을 속이는 게 영 어려운 일은 아니었어."

그 이야기를 듣는데 기억 하나가 떠올랐다. 스무 살, 수키의 집에서 맞은 어느 이른 아침이었다. 어서 일어나 보란 아우성같이 성이 난, 한두 줄기쯤은 날카로운 창처럼 천장을 뚫고 나의 가슴을 관통하기 위해 날아들 것 같던 거센 빗소리에 문득 잠에서 깼다.

대체 얼마나 내리는 것인가 몸을 일으켜 창밖을 내다보았는데, 정원은 비로 뿌옇게 흐려져 있었고, 그 너머로 비스듬히 보이는 거리에 사람들이 모여 있는 게 보였다. 깡마른 여자와 키가 제법 커 보이는 두 명의 남자가 헐렁한 후드 티의 모자를 뒤집어쓴 한 사람을 둘러싸고 있었는데, 후드 티의 뒷면이 눈에 익었다. 뭉게구름 위로 커다랗게 쨍한 무지개가 그려진, 아무래도 니니의 방에서 보았던 옷 같았다.

창을 밀어 열자 급하게 볼륨을 높인 것처럼 빗소리가 커졌다. 거센 빗소리에 목소리들이 거의 삼켜지고 간혹 성난 외침 같은 것만이 간신히 귀에 닿았다. 후드 티를 입은 사람이 니니가 아닐 수도 있다며 마음을 진정시키려는데, 왼쪽에 서 있던 남자가 그 자리를 벗어나려는 여자의 모자를 휙 잡아챘고 순간 니니의 옆얼굴이 눈에 들어왔다. 이어 반대편에 서 있던 남자가 여자의 팔뚝을 잡아채 어디론가 그 애를 끌고 가려 했는데, 니니로 추정되는 여자는 의외로 순순히 그에게 이끌려 걸음을 옮겼다.

내가 본 장면의 의미가 쉬이 헤아려지지 않았다. 방금 본 사람이 니니인지조차 확신할 수 없었다. 짧은 망설임 끝에 일단 니니의 방으로 달려가 보았다. 부디 니니가 거기 잠들어 있길 바랐지만, 니니의 침대는 비어 있었고 무지개가 그려진 후드 티도 사라져 있었다.

뒤늦게 밖으로 뛰쳐나가 보았지만 이미 거리는 비어 있었다. 애초부터 아무도 없었던 것처럼 궂은비만 쏟아지고 있었다. 현관 처마 아래서 멍하니 거리를 내다보다 다시 집 안으로 걸음을 옮기는데 내가 헛것을 본 것인가 싶었다. 심란한 마음에 1층 수키의 방 앞에서 한참을 서성였지만, 결국 노크 한 번 해보지 못하고 방으로 돌아갔다.

그때 수키를 깨웠어야 했을까?

그랬다면 무엇인가 달라졌을까?

그날 저녁 니니는 아무렇지 않은 얼굴로 돌아왔다. 2층 계단 앞에서 마주쳤을 땐 언제나처럼 빙긋 웃으며 다가와 가볍게 나를 안아주었다. 니니는 무지개가 그려진 후드 티가 아닌, 감색 꽃무늬 원피스 위에 아이보리색 스웨터를 겹쳐 입고 있었다. 어쩌면 아침의 일은 잠이 덜 깬 데다 무섭게 내리는 비 때문에 생긴 착각이었을지도 모른단 생각이 들었다. 무지개 후드 티를 입은 사람이 니니가 아니었을 수도 있고, 그게 니니였다 해도 옆에 서 있던 사람들은 내가 모르는 니니의 친구들일 수도 있다는 생각도 했다.

그럼에도 아인의 이야기를 듣는 동안 그날 아침의 장면들이 머릿속을 맴돌았다.

"우연히 그 사실을 알게 된 뒤, 니니의 아버지를 찾아갔던 적이 있어. 그 사람은 뻔뻔하게 자신은 주변의 괜찮은 남자를 소개한 것뿐이라고, 내키지 않더라도 일단 만나보고 관계를 가져보면 분명 도움이 될 거라고, 예전엔 그런 식으로 그런 병을 고치곤 했다고 나불대더라.

그날 태어나 처음으로 사람을 때렸어. 이러다 죽겠구나, 싶을 만큼 맞고 자라면서도 그런 적이 없었는데 말이야. 폭력은 어떤 이유로도 정당화될 수 없는 거라고, 나는 평생 그 누구도 때리지 않을 거라고, 무슨 일이 있어도 내 아버지 같은 사람은 되지 않겠다고, 매일 밤 되뇌며 잠들었던 내가 그 사람을 때리고 또 때렸어.

뭔가가 끊어져 버린 것 같았어. 니니에게조차 털어놓지

못했지만, 그때 실은 그 사람이 내 손에 죽기를 바랐어. 죽일 수 있기를 바랐지. 경찰서에 찾아온 니니가 뭔가 오해가 있을 거라며, 얘는 파리 한 마리도 못 죽이는 애예요, 하고 경관에게 따지듯 말했을 때 울고 싶었어. 내가 대체 무슨 짓을 한 건가 후회가 되었지. 근데 지금은 다른 게 더 후회돼. 그때 내가 그 사람을 죽였더라면 니니는 죽지 않았을 테니까. 그 뒤론 그 사람을 찾아가지 못했어. 정말로 내가 그 사람을 죽여버릴까 봐 두려워서. 그렇게 니니의 믿음을 무너뜨릴까 봐.

믿음이라는 건 우리 같은 사람들에겐 정말 소중한 거거든. 어느 순간부터는 새로이 만들어낼 수 없게 되니까. 아무리 눈이 내려도 바닷속에선 눈사람을 만들 수 없잖아. 우리는 서로의 눈사람이었어. 바다가 생기기 전에 만들어, 어느 굴속에 고이 숨겨둔. 서로를 위해 죽을 수도 있었지. 언젠가 니니가 그랬어. 우리가 서로를 사랑했더라면, 그러니까 여느 남자와 여느 여자가 그렇듯, 그런 식으로 사랑할 수 있었더라면 좋았을 거라고. 그럼 우리도 간신히 행복할 수 있었을까? 하고 동그랗게 웃더라."

자판기의 버튼을 누르듯이 사랑할 수 있다면 좋겠어, 하고 내게 말할 때에도 니니는 동그랗게 웃었다. 그 애의 방문 손잡이 위에 붙어 있던 노란 스마일 스티커처럼.

"그리고 수천 번, 나는 그날로 돌아가 그 사람을 죽였어. 죽이고 또 죽였어. 아무 의미 없는 짓이라도 그래야 했어. 죽이지 못한 나를 용서할 수가 없었어. 물론 그 사람을 죽였더라도 나는 나를 용서할 수 없었겠지만, 그랬더라면 니니는 아직 살아 있겠지."

아인의 목소리는 무채색이었다. 분노의 붉은빛도, 후회의 노란빛도, 슬픔의 푸른빛도 어려 있지 않았다. 모든 색을 잃기까지 아인이 얼마나 분노하고, 후회하고, 슬퍼했을지 가늠할 수 없었다. 단지 그가 혼자였으리란 것, 감정이 비수처럼 쏟아져 내리는 동안 그 동굴 같은 집에서 홀로 웅크려 있었으리라는 것만은 가늠할 수 있었다.

✝

수키가 알려준 대로 다섯 정거장을 지나 버스에서 내린

뒤 길을 건너 5분쯤 걸어 내려가다 보니 니니의 묘가 있다는 공원 입구가 보였다. 공원 둘레로 좁은 이차선 도로를 끼고 4, 5층 정도 높이의 건물들이 장벽처럼 늘어서 있었는데 수키의 설명에 따르면 그중 어딘가에 세실의 집이 있을 게 분명했다. 심지어 주방 창문에선 묘지가 정면으로 내려다보인다는 말을 덧붙이면서 수키는 피식 웃었다.

"난 그 집을 싫어했어. 묘지가 보이는 집이라니 괜히 찜찜하잖니? 근데 니니는 그 집을 참 좋아했지. 세실과 관련된 건 뭐든 좋아하는 아이기도 했지만 그 앤 도리어 묘지가 보이는 집이라 그 집이 좋다고 했어. 세실에게 들으니 둘만 그 집에 있을 때면 니니가 주방 창가에 붙어 앉아 반나절씩 가만 묘지를 내다본다는 거야. 나중에 영문을 물었더니 니니가 그랬어. 거기 묻힌 사람들은 누가 보고 싶어도 보러 갈 수가 없지 않느냐고. 하릴없이 기다리기만 하는 게 가여우니 같이 기다려주는 거라고. 그때가 열 살인가 열한 살쯤이었을 거야. 아직은 제 엄마가 돌아올 거란 희망을 가지고 있을 때였지.

어려서 묘지 이야기를 할 때마다 니니는 자긴 어디에도

묻히고 싶지 않다고 했었어. 거기선 종일 기다리는 것 말
곤 할 일이 없는데, 자긴 기다리는 게 제일 싫다고. 차라리
바람이 되고, 비가 되어서 보고 싶은 사람에게 닿을 때까
지 하염없이 떠도는 편이 나을 것 같다고. 내내 잊고 있었
는데 니니를 묻을 때가 돼서야 그 말이 떠오른 거야. 아직
유골함이 내 품에 있기는 했는데 그대로 돌아설 수가 없었
어. 별수 없잖니? 사람이 죽으면 어딘가에는 묻혀야 하니
까. 옛날 영화에서처럼 산이나 강에 유골을 흩뿌릴 순 없
잖아. 그건 불법이니까. 내가 너무 꽉 막히고 고루한 사람
인 걸까? 그래도 어쩌겠니, 내가 그 애의 유일한 법적 보
호자인걸."

즐비한 묘비 중에 니니의 것을 찾아내는 일은 어렵지
않았다. 새것이라 눈에 띌 거라던 수키의 말이 옳았다. 개
중에 하나가 깨져서 그것만 갈아 끼우게 된 새 타일처럼
멀리서도 눈길을 끌었다.

사랑하고, 사랑받은.

마침내 마주한 니니의 묘비명은 제과점 계산대에서 급하게 집어 든 카드에 인쇄된 '축하합니다'라는 글귀처럼 진부했다. 내가 수키와 니니를 모른 채 오가다 그 묘비명을 보았다면, 업자가 건네준 백 가지 묘비명 리스트 중의 하나를 심드렁하게 고르는 유족의 모습을 떠올렸을 것이다. 그러나 나는 수키와 니니를 알았으므로 빤한 글귀가 빤하게 읽히지 않았다.

수키가 수많은 거창한 문장들을 적어본 끝에 별수 없이 저 하나의 문장을 골랐으리란 걸 짐작할 수 있었다. 니니의 일생이 사랑하고 사랑받기 위한 투쟁이었음을, 물론 인간이라면 누구나 비슷한 투쟁을 치르지만 그 아이에게 유독 가혹한 투쟁이었음을, 그래서 그 진부한 글귀가 그 아이의 수많은 순간을 설명할 수 있는 가장 아름답고 간결한 수식임을 누구보다 잘 알았을 수키이므로.

나라면 같은 것을 찾아볼 수 없는 유일무이한 묘비명을 찾으려다 구차한 말들을 적고 말았을 것이다. 아니면 니니가 좋아했던 책에서 니니가 좋아했던 숫자인 167번째 문장을 골라 적거나, 니니가 태어난 날 죽었던 가수의 미발

매 곡 가사를 도려내 적거나.

묘비 앞엔 이름을 알 수 없는 꽃들로 만들어진, 채 시들지 않은 꽃다발이 놓여 있었다. 세실이 매일 새로운 꽃다발을 가지고 들른다는 것을 수키에게 들어 알고 있었다. 그러니 머지않아 꽃다발을 들고 또 나타나리라는 것도.

"아마 2시 15분 땡 하면 나타날걸. 세실은 타인을 대할 때는 놀랄 만큼 사고가 유연하지만 자신의 삶을 대하는 태도는 그렇지 않아. 자유를 사랑하는 만큼 책임과 규칙을 사랑하는 사람이지. 니니 엄마는 세실의 그런 면을 숨막혀했어. 두 사람이 추구하는 자유는 생김새와 부피는 비슷한데 질량과 성질이 극히 다른 물질 같았지.

그걸 깨닫고는 니니 엄마가 도망쳤던 거야. 결혼이 하고 싶다거나 아이를 낳고 싶다거나 그런 건 다 핑계였어. 주변의 시선이나 사회적 통념 때문만도 아니었고. 단지 마음이 달라졌던 거야. 전제를 수정하고 나니 과정도 결과도 틀어진 거지. 그럴 만도 해. 서로 같은 것을 말한다고 굳게 믿었던 순간조차 실은 영 다른 걸 말하고 있었단 걸 깨닫는 순간만큼 허망해지는 때가 또 있을까.

특히 그 상대가 사랑하는 사람이라면, 어쩌면 내가 사랑한 사람은 눈앞의 그 사람이 아니라 오해로 그려놓은 허상일 수도 있으니 두렵고 허탈해서 도망치고 싶어질 만도 하지. 그럼에도 도망치지 않는 사람이 분명 있겠지만, 그렇다고 해서 도망친 사람의 마음이 그보다 못한 것은 아닌 거야. 사슴이 기린만큼 목이 길지 않아 저 높이 달린 열매를 따 먹으려 애쓰지 않았다고 해서, 사슴에게 그 열매가 간절하지 않은 것은 아니니까."

수키의 그 말은 나를 위한 것이 아니었고, 니니 엄마나 세실을 위한 것도 아니었다. 나는 그녀가 자기 자신을 위해 그 말을 하고 있다는 걸 알았다. 그럼에도 나는 얼마 뒤 새로 만든 싱그러운 꽃다발을 들고 나타난 세실에게 니니와의 마지막 만남에 대해 듣는 동안, 나를 위해 그 말을 틈틈이 떠올려야 했다.

‡2000‡

　술에 취한 수키는 자주 눈물을 보였지만, 몸속에 모아둔 무언가를 토해내듯 몸을 들썩이며 운 적은 단 한 번뿐이었다. 평소에 비해 더 취했던 것도 아니었다. 와인 두 잔을 마신 게 고작이었고, 목소리나 눈빛에도 흔들림이 없었다. 말짱했던 게 문제였는지 모른다. 제정신으로 버티기엔 갑작스레 때를 잊고 찾아온 따스한 바람이 지나치게 달고 말랑말랑했으니까.

　수키는 앙상한 목련 가지가 드리운 창가에 앉아 있었다. 언제나 비어 있었지만 어째서인지 누구도 앉을 생각을 하지 않던 짙은 초록색 리넨으로 덮인 1인용 소파에 푹 안

긴 채, 와인 두 잔을 연거푸 마시는 동안 그녀는 묵묵히 창 밖만 내다보았다. 니니와 나는 세 걸음쯤 떨어진 바닥에 깔린 러그에 앉아 모네 그림으로 만든 퍼즐을 맞추는 척 하고 있었는데, 실은 적당히 취하면 나오는 수키의 나른한 이야기를 기다리는 것이었다.

성글던 어둠이 촘촘해지고, 벽에 붙은 전구에서 흘러나 오던 노란빛이 선명하게 니니의 어깨에 닿을 즈음, 수키가 입을 열었다. 6시라고 했지? 하고 묻는 수키의 목소리는 곧았고 취기는 조금도 묻어나지 않았다.

갑작스러운 물음에 고개를 돌려보았을 때, 수키가 여전 히 창밖에 시선을 두고 있어서 내가 뭔가를 잘못 들은 것인 가 싶었다. 서울로 돌아가는 비행기 시간을 말하는 건가? 하면서도 벙벙한 얼굴로 그녀를 바라보고 있자니, 옆에서 퍼즐 조각을 맞추던 니니가 대신 답을 했다.

"6시 20분이요."

니니는 20분이 20년이라도 되는 듯이 말했고, 수키는 애초에 그런 건 궁금하지 않았던 것처럼 심드렁하니 고개를 끄덕였다. 그런 두 사람을 바라보며, 나는 처음으로 스스로가 손님이라는 사실을 곱씹었다. 그전까지는 그렇지 않았는데 새삼 그렇게 되기라도 한 것처럼, 집 안 어디에도 마땅히 끼워 넣을 자리가 없는, 박스에 잘못 들어가 있던 여분의 퍼즐이 된 기분이었다.

그 순간 하나의 풍경이 된 것 같던 두 사람이 어찌나 부럽던지. 나도 그 집의 한 조각 퍼즐이 되고 싶었고, 거기 있는 무엇 하나를 도려내고 나를 그 자리에 구겨 넣고 싶은 충동을 느꼈다.

"언제나 낮도 밤도 아닌 시간이 문제인 거야. 차라리 아주 깜깜할 때는 나아. 모두 움츠리고 있으니까."

수키는 그렇게 말하며 들고 있던 와인잔을 작은 탁자 위에 내려놓았다. 그리고 반쯤 열린 창을 닫는 대신 커튼을 드리워 놓곤, 액자들이 잔뜩 걸려 있는 맞은편 벽을 가만 바라보았다. 액자 속에는 사진도, 그림도 아닌 글귀들이 담겨 있었다.

한 자 한 자 반듯이 눌러 적은 것도 있었지만, 아무렇게나 흘려 적은 게 더 많았다. 너무 흘려 써 알아볼 수 없거나, 나는 읽을 수 없는 언어로 쓰인 것들이 더 많았지만,

이삼일에 한 번꼴로 수키가 취할 때마다 거기 적힌 글귀들을 또박또박 읽어주었고, 그 유별난 주정을 신물 나게 들어온 니니가 그것들을 다 외고 있었으므로 의미를 궁금해할 일은 없었다.

수키의 이야기는 대체로 어느 액자 속 글귀를 읊다가 시작되곤 했다.

"일종의 준비운동 같은 거랄까? 바다에 헤엄치러 들어가기 전에 해두는."

언젠가 니니가 수키의 낭송을 그렇게 표현했을 때, 나는 그 말을 대수롭지 않게 여겼다. 그러고 보면 그때의 나는 너무 가벼운 아이였던 것 같다. 그 집 한구석이 혹 비어 있었더라도, 심지어 그 자리가 나에게 꼭 알맞게 도려져 있었더라도, 가벼운 나는 거기 가만 내려앉기 어려웠을 것이다.

수키가 여러 글귀를 지나 윌리엄 새커리의 문장을 골라 "모든 인생에는 아무것도 아닌 듯 보여도 남은 생에 걸쳐 영향을 끼칠 작은 장들이 있지 않나." 하고, 길게 숨을 내뱉었을 때 그것은 한숨이라기보단 호흡을 고르는 것 같이 느껴졌다. 짧은 정적이 흐르고 e 뒤에 f가 나오는 것처럼 당연하다는 듯 수키가 말을 이었다.

"서글픈 건 우리가 그 작은 장을 지나는 동안 눈치챌 수조차 없다는 거야. 중요한 순간은 유능한 밤손님처럼 지나가 버리지. 절대로 기척을 들키지 않고, 가장 깊은 데에 고이 숨겨놓은 것을 훔쳐 가. 태어나기 전에 너무 잘 숨겨둬서 나 자신조차 그게 어디에 있는지는 물론이고, 그 존재조차 모르던 걸 꺼내 가지. 그 뒤론 영영 거기가 비어 있는 채로 살아가는 거야.

그런 건 다시 구할 수 없거든. 어차피 그걸 잃기 전엔 존재하는 줄도 몰랐는데, 그러니 애초에 그게 없었던 것처럼 살 수 있을 것만 같은데 그게 안 되는 거야. 웃기지. 잃고 나야 비로소 있었단 걸 알게 되는데, 알고 나면 그건 이미 거기 없단 게. 그래서 인간은 한순간도 온전할 수 없는 거야. 가장 소중한 것을 잊거나, 혹은 잃은 채 살아가는 거지. 예전엔 시간을 되돌리면 뭔가를 바꿀 수 있을 것 같았어. 다시 한번 산다면 다르게 살 수 있을 줄 알았지.

그 애를 지킬 수 있을지 모른다고, 그리고 나를 지킬 수 있을지 모른다고, 우리를 아무에게도 빼앗기지 않고 사는 길을 찾을 수 있을지도 모른다고.

근데 이젠 그런 헛된 기대조차 들지 않아. 그건 있을 수 없는 일이니까. 그게 세상이 돌아가는 원리니까. 태양이 지구를 중심으로 돌지 못하는 것처럼, 인간이 물속에서 숨을 쉴 수 없는 것처럼, 그건 그냥 받아들여야 하는 사실인 거니까.

그래도 가끔은 아무 의미가 없더라도, 달라질 게 거의 없더라도, 잠시 그때로 돌아가고 싶을 때가 있어. 그 사람 앞에 서서, 하나 마나 한 말들을 늘어놓고 싶어질 때가, 나는 그런 걸 바란 적이 없었다고, 그걸 바란 건 내가 아니었다고, 그저 두려웠을 뿐이라고, 네 마음이 아니라 내 마음이, 억지로 토해내고 게워내도 끝없이 자라나는 그 마음이 모든 걸 삼켜버릴까 봐, 그럼 모두가 날 외면하고, 결국엔 너마저 날 외면할까 봐, 겁이 났을 뿐이라고. 나오는 대로 온갖 변명을 쏟아내고, 그리고, 그러고는⋯."

수키의 울음이 어디서부터 시작되었는지 기억나지 않는다. 단지 거세진 울음이 삼켜버린 말들이 먼저 늘어놓은 긴 이야기보다 훨씬 더 중요한 말이었으리라 짐작하며, 몸을 들썩이며 우는 수키를 멍하니 바라보았던 것만이 생각난다.

니니도 나도 수키에게 다가가 달래거나 안아줄 엄두를 내지 못했다. 수키가 그걸 원치 않았을 테고, 어떤 식으로도 그녀를 달랠 수 없었겠지만, 내가 그러지 않은 것은 그 때문이 아니었다. 니니가 어떤 마음으로 수키를 바라만 보았는지 모르지만, 나는 그때 수키에게 다가가기가 두려웠다.

그러면 그녀를 무너뜨린 무엇이 내게 옮기라도 할 것 같았다. 그것이 그녀가 말한 밤손님인지, 그 뒤의 상실감인지, 절망인지, 그리움인지, 슬픔인지, 끝내 말하지 못한 어떤 것인지 헤아릴 수도 설명할 수도 없었지만, 그것이 무엇인지 모르더라도 존재를 느낄 수 있었고 여전히 나를 얼어붙게 만든 그 감각을 또렷이 그려낼 수 있다.

언젠가 그것이 나에게 오더라도, 결국엔 피할 길이 없더라도, 달려가 수키를 끌어안음으로써 미리 그것을 알고 싶진 않았다. 할 수 있는 데까지 무지에 서 있고 싶었다.

타인의 일처럼 저기 남겨두고 싶었다.

✝

가끔 그때 그 바람이 뺨을 스치는 것 같다.

"꼭 봄날 같다. 바람이 보드라워." 하며 니니가 흘러내
린 내 머리칼을 귀 뒤로 넘겨주었을 때 닿았던 그 애 손끝
의 한기가 방금 지나간 것처럼 떠오른다. 수키의 집 현관
을 열고 들어서면 훅 밀려들던 서늘한 향, 내 시선을 피해
반쯤 감긴 니니의 푸르스름한 눈꺼풀, 나른하게 늘어선 그
애의 속눈썹, 발그레하게 분이 발린 뺨의 채 가려지지 않
은 주근깨들, 가운데가 살짝 갈라져 피가 고인 채 굳은 도
톰한 입술과 내가 사랑했던 그 숨소리도.

그날 밤, 니니가 방문을 열고 들어설 때부터 나는 그 애
가 무언가를 숨기고 있다는 것을, 앙다문 입속에 넘칠 것
같은 말들이 차오를 때마다 그것을 삼켜 넘기려 안간힘 쓰
고 있다는 것을 눈치채고도 그것에 대해 묻지 못했다.

저러다 속에서 엉겨 붙은 말들이 니니의 숨통을 막아

질식해 버릴지도 몰라, 하는 이상한 걱정을 하던 순간에도 나는 억지로라도 그 애의 입을 벌려 그 말들을 쏟아내게 할 엄두를 내지 못했다. 그것은 누구에게도 허락되지 않은 일이며, 나에게 역시 그런 일인 것처럼 느껴졌다. '무슨 일 있어?'라는 말이 흉기라도 되는 양, 나는 그 말을 저만치 보이지도 않을 만한 곳에 던져버리고 대신 쓸데없는 말들을 늘어놓았다.

오늘 밤은 왜 이리 따뜻하지? 지구가 미쳤나. 아니, 사람들이 미친 건가. 그래도 덕분에 창 열어놓고 달도 볼 수 있으니 좋네. 그리고 보면 내일 세상이 멸망하더라도, 달빛은 고울 거고, 햇살은 눈부실 거고, 별들이 총총한 밤하늘은 아름다울 거고, 어딘가에선 새로 싹이 돋고, 어딘가에선 새로 꽃이 피겠지. 그게 참 그래. 이상해. 이러다 내일 지구가 갑자기 폭발해 버린대도 그게 영 터무니없는 일이 아니란 것도, 생각해 보면 좀 이상하지 않아?

두서없이 떠드는 내 곁에서 내내 잠잠하던 니니가 문득 불어온 바람과 함께 입을 열었을 때, 얼마나 안도했는지 모른다.

그 안도가 니니가 끝내 말하지 않은 것 때문인지, 아니면 마침내 무엇이라도 말한 것 때문인지 여전히 모르겠다. 그저 긴 침묵을 깨고 나온 그 한마디가 작은 구원처럼 느껴졌던 것만이 기억날 뿐이다.

전날부터 갑자기 남쪽에서 불어온 독특한 이름의 바람이 수키와 니니의 도시에 반짝 봄을 데려왔었다. 아마 그런 날의 따스함에 이름을 붙인다면 꽃샘추위의 반대말이 되지 않을까 싶다. 나는 그 무렵 봄보다 겨울을 더 좋아했지만, 찰나 같은 그 봄이 꽤 반가웠다. 모르고 떠났을 계절을 그렇게라도 알 수 있어서, 니니와 그렇게나마 하나의 계절을 더 보낼 수 있어서 기꺼웠다.

애초에 그 도시의 겨울은 서울의 겨울처럼 매섭지 않았다. 겨울인데도 눈보단 비가 더 자주 내리고, 가벼운 코트에 도톰한 울 니트 하나 정도면 온 겨울을 날 수 있을 정도였다. 그러니 그런 봄도 온 것이겠지, 서울의 한겨울 같았더라면 얄팍한 봄이 무서워서 멀리서 간만 보다 줄행랑을 쳤을 것이다.

그 기꺼운 봄밤에 니니와 나는 내키는 대로 사랑을 할

수도, 그렇다고 사랑을 아주 하지 않을 수도 없어서, 서로를 유심히 바라보기만 했다. 허튼소리나 행동으로 달콤한 순간을 흐트러트리지 않기 위해 숨죽인 채, 진실은 각자의 깊은 곳에 애써 숨겨두고서.

사흘 뒤면 내가 돌아가리란 사실이나, 전날 술에 취한 수키가 엉엉 울었던 일이나, 내가 많은 것들을 망설이고 있단 사실과 니니가 많은 것들을 참고 있다는 사실 같은 건 벌써 다 알면서도 모른 척했다.

사실 같은 건 깨고 싶지 않은 좋은 꿈같은 밤엔 어울리지 않았다. 그런 건 한 송이 한 송이 정성스레 수십 개의 크림 꽃을 얹어 만든 3단 케이크에 날아든 모난 돌멩이처럼 그 밤을 망가뜨릴 게 뻔했다.

"니니, 시 좀 외워봐. 정말 정말 시시한 걸로."

그러자 니니는 기다렸다는 듯 시를 외웠다.

"그녀는 셀 수 없이 많은 말들을 늘어놓고서 눈을 감았다. 그리고 그중에 아무 말이나 골라, 획 창밖으로 내던졌다. 던지고, 던지고, 또 던지는 동안, 모르고 거리를 지나던 누군가가 그 말에 맞아 죽으면 어쩌지, 걱정이 되었지만,

별수 없었다. 말들은 너무 많았고, 방은 너무 좁았다. 그대로 두면 어차피 넘쳐 창밖으로 굴러떨어질 테니, 그 전에 내던져야 했다. 그녀는 그게 방 주인의 의무라고 생각했다."

"여자가 집어던진 말들은 뭐였을까?"

"그 여자도 궁금했을걸."

"그럼 눈을 뜨고 던지면 됐을 텐데. 그랬으면 시인이 그 중 하나는 적어주었을 거고, 나도 이렇게까지 궁금하진 않았을 거 아냐."

"그럴 순 없는 거야."

"왜?"

"보고 나면 던지기 어려워지니까. 그게 무슨 말인지 몰랐으니 그렇게 획 던질 수 있었던 거야."

"그렇게 쓰여 있었어?"

"뭐가?"

"시 해설에."

"해설?"

"여긴 그런 거 없나? 교과서나 문제집에 나오는 해설 말이야. 정답이 될 만큼 모두가 공감하는 해석이 담긴."

"있으려나? 아마 있을 수도 있겠지? 나는 시에 대해 깊이 있는 수업을 들어본 적이 없어서. 근데 그런 건 시인이 직접 만드는 건가?"

"글쎄, 아닐걸. 예전에 어느 시인이 자긴 그런 의도로 쓴 게 아니었다고 밝힌 기사를 본 것 같아."

"그럼 무슨 의도로 썼대?"

"그런 건 알려줄 수 없댔어."

"그럼 정답은 가능한 많은 사람에게 그 해석이 가장 타당해 보이는지 설문 조사라도 해보고 결정하나?"

"아마 그 분야의 박사나 교수 같은 전문가들이 정하는 거 아닐까?"

"그럼 고작 몇 사람이 정한 걸 두고 모두가 정답이라고 믿어야 하는 거네."

"적어도 시험에서 좋은 점수를 받으려면 그렇지. 답이 명확하지 않으면 공정하게 점수를 매길 수 없으니까. 여긴 다른가?"

"모르겠네. 비슷하지 않을까? 사람 사는 곳이 다 그렇듯이. 나는 그런 데는 영 관심이 없었거든. 수업 시간에도 만날 딴생각만 했고, 고등학교 졸업도 간신히 했으니까."

"근데 대학은 어떻게 간 거야?"

"그러게."

그리고 니니는 작게 히히 웃었다. 그럼 나는 아무래도 좋았다. 배가 불러 아무리 맛있는 음식이 눈앞에 있어도 마음이 동하지 않는 것처럼, 더는 궁금한 것도 바랄 것도 없는 상태가 되었다. 사람이 사람으로 하여금 그런 마음을 불러일으킬 수 있다는 게, 그렇게 간단히 충만해지고 행복해질 수 있다는 게 조금 허무하게 느껴졌다. 무언가 더 대단한 것이 필요할 줄 알았는데, 어쩌면 나란 사람이 그저 그런 인간이라 고작 그 정도에 만족해 버리는 건가, 하는 우스운 생각도 들었다.

그때의 나는 그 마음이 얼마나 희귀한 것인지 몰랐다. 그런 마음을 불러일으키는 사람을 만나는 일이 거창한 업적을 이루는 일만큼이나 어렵고, 그와의 행복이 지나간 후에는 그리움과 허전함으로 대가를 치르게 된다는 것 역시 몰랐다. 엄마 말대로 세상엔 공짜가 없었고, 아빠 말대로 좋은 시간은 순식간에 지나가 버렸다.

그럼에도 할머니 말처럼, 그리워할 시절도 없는 사람만큼 가여운 이는 없으니 이후의 고통이 서럽지는 않았다. 니니를 만나 다행이었고 그 애를 사랑해서 다행이었다. 그로 인한 아픔을 고스란히 또 겪는대도, 아직 겪어야 할 아픔이 더 남았대도, 만일 내게 선택의 기회가 주어진다면 그때처럼 니니를 만날 것이고, 그처럼 니니를 사랑할 것이며, 다시 고스란히 아프기를 택할 것이다.

그렇지 않았더라면 나는 영원히 나를 모르고 살았을 테니까. 내가 뒤집어쓰고 있던 거죽이 나인 줄 알고 살았을 테고, 행복이 뭔지도 몰라서 누가 행복이라 부르는 것을 행복인 줄 알고, 사랑이 뭔지도 몰라서 누가 그게 사랑이라고 하면 그런가 보지 하며, 괴로운데도 왜 괴로운 것인지, 외로운데도 왜 외로운지도 모르고 살았을 테니까.

내 삶은 니니와의 사랑이라는 작은 퍼즐 하나 없이는 완전해질 수 없는 그림이어서, 비단 그 아래 돋은 가시가 영원히 그치지 않을 통증을 불러올지라도 포기할 수 없는 것이다.

‡2020‡

"저녁이 되려면 아직 멀었는데도 날이 어두웠어. 구름
이 묵직해 보여서 빨래를 널어도 될까 고민하며 하늘을 내
다보고 있는데 니니가 왔지. 빨간 원피스에 검정 카디건을
걸치고 풍성한 머리를 어깨에 드리우고 있었는데, 어디 꼭
꼭 숨겨두어야 할 보석처럼 아름다웠어. 뾰족한 구두 굽
소리를 내며 다가오는데 그 모습이 낯설어서 허전함이 느
껴졌지. 품에서 어리광을 부리던 아이를 새삼 잃은 기분이
랄까. 하지만 니니가 특유의 미소를 지으며 내게 안겼을
때 그 앤 다시 나의 작은 아기가 되었지. 갑옷 같은 아름다
움을 입고 있어도 달뜬 심장이 초조하게 뛰는 건 숨겨지지

않았거든. 나는 늘 니니의 엄마가 되고 싶었고 니니도 그걸 원한다는 걸 알았지만 영영 그럴 수는 없을 줄 알았는데, 그날 니니를 안고 있던 그 순간만큼은 비로소 니니의 엄마가 된 것 같았어.

니니가 죽었단 걸 알게 된 뒤로 매일 그 시간이 되면 니니가 나를 찾아와. 가만 서서 두 눈을 감으면 또각또각 소리를 내며 다가와 내 품에 안기지. 나의 아기, 어느새 훌쩍 자란 탓에 다정하게 등을 살짝 구부려 안기던 니니가. 그럼 귓가에 심장 소리가 들리는 거야. 천둥 치는 밤 내 옷깃을 붙잡아 끌던 작은 손아귀처럼 간절한. 가지 마요, 옆에 있어줘요, 아직 무서워요, 하고 솔직히 말하는 법을 배우지 못해서 그저 빤히 올려다보기만 하던 눈빛처럼 애틋한.

나는 존재하면서도 존재하지 않는 그 애를 꼬옥 껴안으며 숨기기로 작정해. 다시 기회가 온 것처럼. 어른 따윈 되지 않아도 된다고, 영원히 아이여도 된다고, 나에게로 도망치라고, 내 뒤에 숨으라고, 내가 다 무찔러주겠다고, 아무도 널 해치지 못하게 지켜주겠다고 그 애에게 속삭이면서.

정작 기회가 눈앞에 있었을 땐 그래선 안 된다고 생각

했어. 니니는 성인이고 스스로 헤쳐나가야 할 때라고 생각
했지. 억지로라도 떠밀어야 할 것 같았어. 어미 새가 아기
새를 둥지 밖으로 밀어내듯이 말이야. 그래야 한다고들 하
잖아. 그게 진정한 자유로 가는 길이라고. 사실 어미 새는
개중에 어떤 아기 새가 그대로 떨어져 죽더라도 별수 없다
고 여기겠지. 스스로 날지 못하는 새는 죽는 게 자연의 섭
리니까.

하지만 새들이 그렇다고 해서, 자연의 섭리가 그렇다고
해서, 그게 무슨 상관이야? 그러지 않았어도 되는 거였는
데. 인간은 때때로 섭리를 거스르는 식으로 인간다워지는
거니까. 한편으론 낙천적인 마음도 있었어. 나는 젊어서
혼자 뛰쳐나가 싸워본 덕분에 원하던 바를 얻어냈으니까.
과거의 내가 운이 좋은 편이었다는 걸, 세상엔 다 헤아릴
수조차 없을 만큼 다양한 상황이 존재해서 '그래야만 하
는 어떤 것'은 없다는 걸 몰랐지. 살 만큼 살아봐서 알 만
큼 다 아는 줄 알았지만 여전히 어리숙했던 거야.

내 머리에 비스듬히 뺨을 대고는 니니가 말했어. 그만
벗어나야겠다고. 다 끝내고 떠날 생각이라고. 자세한 사

정은 물을 수 없었어. 물어도 알려줄 것 같지 않았고, 대충 무엇에서 벗어나고 싶어 하는지 정도는 짐작이 갔으니까. 불길한 예감 같은 게 든다고들 하잖아. 전혀 느껴지지 않은 건 아니었는데 그게 내 욕심이나 지나친 보호 본능 때문이라고만 생각했어. 아이를 품 안에서 놓고 싶지 않은 그런 거 말이야. 혹시나 해서 물가에도 내보내지 않는 부모들처럼.

니니를 믿어줘야 한다고 생각했어. 그 애가 내린 결정을 지지해 줘야 한다고. 스스로가 불안해하니 더더욱 내가 단호해져야 한다고. 내 부모님이 내게 해줬으면 하고 바랐던 것을 니니에게 해주고 싶었던 거야. 그 순간 나는 눈앞의 니니를 똑바로 바라본 게 아니라 그 애를 통해 수십 년전 나를 보고 있었던 거지.

내 부모님은 처음부터 끝까지 나를 믿어주지 않으셨어. 그분들에게 나는 늘 모자라고 쓸모없는 아이였거든, 거기다 유별나기까지 한. 그분들의 완벽한 인생에 단 하나 오점 같은 존재였지. 어려서 내가 할 수 있는 건 참고 웃는 것밖에 없었어. 그게 내 유일한 특기였으니까. 내 웃음의 이면을 처음으로 발견해 준 사람이 니니 엄마였어. 처음으로 사랑받는 기쁨을 알려준 사람이기도 하고. 돌아보면 그 사람이 나의 일부를 키운 것 같아. 그 사람이 곁에 있을 때 방학에 자고 일어나면 훌쩍 자라는 아이처럼 성장했지. 주위 사람들은 내가 해준 게 더 많다고 생각하지만 실은 받은 게 훨씬 더 많아.

니니와도 마찬가지였어. 니니를 보살피는 동안, 나 역시 그 애로부터 보살핌을 받았던 것 같아. 니니는 무한한 마음으로 나를 믿어준 유일한 사람이었어. 부담스러울 수도 있었겠지만 나는 그저 좋더라고. 내가 여기 존재해도 되는구나, 신의 허락을 받은 것 같은 기분이었지. 때론 니니 엄마가 수키가 아닌 나에게 니니를 맡겼더라면, 내가 니니의 유일한 보호자였더라면, 하는 생각을 할 때도 있었어. 그래서 더 의식적으로 거리를 두기도 했지. 집착하게 될까 봐. 니니 엄마에게 그랬던 것처럼 내가 니니를 숨 막히게 만들어 그 애가 도망가 버릴까 봐.

그날도 그랬어. 집착하지 말고 놓아줘야 하는 거라고 스스로에게 말했지. 내가 실수할까 봐 두 눈을 질끈 감아버리는 바람에 니니가 위험한 길로 가는 걸 보지 못했던 거야. 수키 말이 다들 그렇대. 인간은 본질적으로 자기중심적이라 타인을 바라볼 때조차 자신을 통해서 보게 된다나. 나를 달래려고 한 말이겠지만, 그게 사실이라면 너무 슬프지 않아?

나는 니니의 등을 어루만지며 걱정 말라고 다 잘될 거라고 말해줬어. 너는 무엇이든 해낼 수 있는 사람이니 네 자신을 믿으라고. 그리고 품에서 그 앨 떼어놓고 짙게 그려진 얼굴을 가만 올려다봤어. 그때 니니가 웃었어. 눈가가 별로 휘어지지 않은, 소리 없이 환한 웃음이었지. 니니 엄마가 보았더라면 그 웃음의 이면을 보았을 텐데, 정작 나는 그걸 볼 줄 몰랐어. 자기 자신이 어떻게 웃는지는 보이지 않잖아? 니니를 마지막으로 본 사람이 나라는 이야길 들었을 때 그 웃음이 떠올랐어. 그 애가 그렇게 도와달라고 말하고 있었다는 걸 그제야 깨달았지.

니니는 말없이 식탁 옆 창으로 가더니 어릴 때 그랬듯이 지그시 여기 묘지를 내다보며 혼잣말처럼 말했어. 기다리는 일은 정말 끔찍하다고, 자긴 더 이상 가만 기다리는 일은 하지 않을 거라고. 그러곤 잠시 인사를 하러 들른 것 뿐이라며 늦기 전에 그만 가봐야겠다고 하더니, 현관을 향해 성큼성큼 걸어갔지. 마음이 약해질까 싶어선지 내 시선을 애써 피하면서 말이야.

나는 종종걸음으로 그 애 뒤를 쫓았어. 마지막에 니니가 문을 열고 복도로 걸어 나가려다 말고 멈추어 서더니 내 쪽으로 몸을 돌려 세웠는데, 얼굴은 내게 향해 있었지만 시선은 미묘하게 어긋나 있었어. 우리 사이에 두 걸음쯤이 남아 있었는데 나는 차마 다가가 니니를 끌어안을 엄두를 내지 못했고 아마 니니도 그랬던 것 같아. 한참 머뭇거리다 니니가 먼저 입을 뗐어. 서울로 갈 생각이라고, 가서 연락하겠다고.

불안하고 초조한 와중에도 그 말이 참 반가웠던 생각이나. 그때만큼은 니니의 목소리에도 빛이 어려 있었거든.

그 애가 널 아주 많이 좋아했다는 걸 아니?

그 말을 차마 네게 할 수 없어서 잠도 잘 자지 못했다는 걸?

이런 이야기를 내가 해도 되는지 모르겠지만, 나는 이

제 해도 되는 이야기만 하고 사는 데 지쳤거든. 그게 꼭 옳은 것 같지도 않아. 주제넘는 사람이 필요한 순간도 있잖니. 그래서 나이를 먹을수록 주책스러워지는 모양이야. 그래야만 하는 때가 있다는 걸 배우게 돼서. 대부분 실수가 되더라도, 아주 가끔은 그것으로 더없이 소중한 것을 지켜낼 수 있으니까. 물론 그저 하고 싶은 대로 말하기 위한 핑계일지 모르지만.

니니가 사라진 뒤로 그 애가 네 이야기를 처음으로 꺼냈던 날을 종종 떠올리곤 했어. 아직 나에게는 널 좋아하게 되었다는 사실을 털어놓기 전이었는데도 한 마디 한 마디에서 사랑이 묻어났지. 어쩌면 그땐 자신조차 그 마음이 무엇인지 확신하지 못했을지도 몰라. 나도 그랬거든, 그 애 엄말 사랑한다고 인정하기까지 시간이 좀 걸렸지.

만나보면 분명 세실도 좋아하게 될 거예요. 그럴 수밖에 없는 아이니까. 그 애는 눈동자가 새까맣게 투명해요. 새까맣게 투명하다는 게 어떤 느낌인지 모르죠? 그게 정말 신비로워요. 목소리는 한낮에 떠다니는 민들레 꽃씨처럼 나른하면서도 아늑하고, 특히 웃음소리가 보드라워서 듣고 있으면 속이 간질간질해져요.

어쩜 그런 말들이 토씨 하나 빠짐없이 다 떠오르는가 모르겠어. 그때만큼 그 애가 들떠 보인 적이 없어서였을까. 어릴 때 수키와 다 함께 놀이동산에 가거나 새 장난감을 살 때도 그렇게까지 눈을 반짝인 적이 없던 아이인데. 니니의 기쁨에는 늘 무언가가 빠져 있었거든.

그런데 그때는 아니었어. 모자람이 없었지. 그건 온전한 기쁨이었어."

온전한 기쁨.

세실이 유독 힘주어 뱉어낸, 과거의 나는 알아들을 수 없었지만 비로소 알아들을 수 있게 된 두 개의 단어가 귀로 들어와 온몸을 헤집고 다니다 혀끝에 이르러 곧 굴러떨어질 것처럼 맴돌았다. 그러니까 그날 니니는 나에게로 오는 중이었다. 내가 그 애를 기다리기는커녕 애써 잊어가는 사이에.

두려움으로 뛰는 심장을 홀로 끌어안고 온전한 기쁨을 찾아서.

‡2000‡

수키의 책 속에 나오는 두 사람에 대해 깊게 생각해 보지 않았던 것처럼, 그때의 나는 니니와 나에 대해서도 깊게 생각해 보지 않았다. 덕분에 남아 있던 니니와의 시간은 단순하고 담백하게 흘러갔다. 수많은 자연현상을 아우르는 한 줄의 깔끔한 수식이나, 만년의 화가가 캔버스에 그어놓은 수려한 한 획처럼. 의심도 회의도 불안도 없었다. 간혹 혼자가 되고서야 새삼 니니와의 이별을 생각하곤 했지만, 아직 그것을 제대로 상상해 낼 능력이 없었으므로 제대로 두려워할 수조차 없었다.

마지막 날, 단둘이 있을 때 니니가 자신이 가지고 있던 수키의 책을 내게 주며 말했다.

"이 책을 번역하는 동안 이상한 꿈을 꾸곤 했어. 이 책 안에 수키가 갇히고 책이 저 먼 우주 같은 곳으로 한없이 멀어져 가는. 작디작은 나는 어떻게든 책을 붙잡아 수키를 그 안에서 꺼내려 애쓰지만 그러지 못해. 내가 울며불며 안간힘을 쓰는 동안, 수키는 책 속의 '너'를 찾아 과거를 헤매고, 두 사람이 함께할 곳을 찾아 미래를 헤매느라 나를 못 봐. 얼마 후, 완전히 책을 놓쳐버린 나는 덩그러니 혼자 남아 서럽게 울지.

울다가 잠에서 깨면, 버림받은 기분이 들었어. 그러곤 못된 생각이 드는 거야. 꿈속의 수키가 그 사람을, 둘이 함께할 곳을 영영 찾지 못했으면 하는. 번역을 끝낸 뒤로도 이 책을 읽으면 어김없이 그 꿈을 꾸었어. 엄마 잃은 어린 애처럼 버림받는 기분을 느꼈고, 못된 생각을 했지.

근데 네가 온 뒤론 그 꿈을 꾸지 않았어. 이 책을 읽어도, 또 읽어도."

니니는 잠시 말을 멈추고 나를 빤히 쳐다보았다. 자신이 어떤 중요한 질문을 했고, 내가 그보다 중요한 대답을 해야 하는 것처럼.

내가 어쩔 줄을 몰라 하자, 니니가 피식 웃더니 내 손을 움켜잡으며 말을 이었다.

"언젠가 말이야. 나랑 같이 그 사람을 찾으러 가줄래? 수키는 모르게."

"그 책 속의 '너' 말이야?"

"응. 너랑 함께 그 사람을 만나서 이 책을 전해주고 나면 다시는 그 꿈을 꾸지 않을 거 같아. 그러니까 같이 가줄래? 언젠가, 꼭."

새삼 반짝이는 니니의 눈을 바라보며 내가 홀린 듯 고개를 끄덕이자, 니니가 기다렸다는 듯 미소를 터트렸다. 그리고 니니의 커다란 눈에 눈물이 가득 차올랐는데, 그 눈물이 기쁨에서 왔는지 슬픔에서 왔는지 알 수 없었다.

마침내 눈물이 넘쳐흘러 내 손등 위로 떨어져 내렸을 때, 니니는 이제 됐다는 양 잡고 있던 내 손을 놓아주었다. 그건 마치 어디로든 가도 된다는, 저기 수천 킬로미터 떨어진 도시로 떠나도 괜찮다는 다정한 허락처럼 느껴졌다. 그럼에도 난 기이할 정도로 무덤덤했다. 눈물조차 나지 않왔다. 그 모든 것이 비현실적으로 느껴졌고, 꿈인 줄 알고 꾸는 꿈속에 있는 것만 같았다.

공항에서 수키와 니니의 배웅을 받으며 출국장에 들어설 때도, 비행기에 올라 뜬눈으로 열몇 시간의 비행을 하는 동안에도, 나는 상실을 실감하지 못했다. 비행기가 착륙하고 입국하는 무리의 뒤를 따라 걷는 중에는 단지 오랜 비행으로 멍한 기운만이 맴돌았다.

몽롱한 얼굴로 이런저런 절차를 마치고 입국장을 나서자, 저만치 엄마와 아빠의 얼굴이 보였다. 노곤한 팔을 살짝 들어 두 사람을 향해 의무적으로 반가움을 표할 때에도, 나는 내가 어디에 있으며, 무엇을 두고 떠나왔는지 실감하지 못했다.

밤이 오면 수키의 집 작은방으로, 니니의 곁으로 돌아갈 수 있을 것만 같은 기분이 들었다. 마음은 그렇게 외쳐댔고 머리는 귀를 막고 있었다. 주위는 계속 시끄러웠다. 마주친 이래로 엄마는 끊임없이 무언가를 물었고, 나는 끊임없이 답해야 했는데, 물음도 답도 기억나는 게 하나도 없다.

낮은 안전하게 지나갔다. 밤이 우리의 모든 것을 가지고 있었으므로 상실은 오롯이 거기 숨어 있었다. 땅거미가 질 무렵부터 몸속 깊은 데서 스멀스멀 그것이 차오르기 시작했다. 가족들과 식탁에 둘러앉아 시끌시끌하게 밥을 먹다가도 종종 창밖의 어스름이 눈에 들어올 때면 목이 멨다. 제일 먼저 식사를 마친 언니가 후다닥 뛰어가 지구 저편까지 다녀온 내 남색 캐리어를 멋대로 열어젖혔다. 평소 같았더라면 뒤따라가 남의 물건을 왜 함부로 만지냐며 아웅다웅했겠지만, 그럴 마음조차 들지 않았다.

순식간에 어둠이 내려앉았고, 저녁 식사를 다 마치기도 전에 몸 안이 상실로 가득 차버렸다. 툭 하고 건들면 밖으로 훅 쏟아질 것만 같아서 움직이기가 두려울 정도였다. 푸른빛이 도는 작은 공기 안에 한 수저의 밥을 남겨놓은 채 굳어버린 나는 물건들을 뒤져대는 언니를 멍하니 쳐다보았다. 아빠는 언니가 시험 준비 때문에 같이 못 가 서운해 저러는 거니 이해하라며 나를 다독였고, 엄마는 제 밥그릇도 치우지 않고 동생의 물건이나 뒤지는 큰딸이 한심하다는 양 혀를 찼다.

언니는 면세점에서 급하게 산 과자니 기념품이니 하는 것들을 하나하나 꼼꼼히 살펴보다 수키가 나에게 사준 브로치와 카디건이 들어 있는 상자를 열었지만, 영 취향에 맞지 않았던 것인지 얼른 닫아 한구석이 밀어두었다. 니니가 내게 준 수키의 책이나, 니니가 직접 그린 스케치가 담긴 작은 수첩도 언니의 관심 밖이었다. 그러니 나는 아무래도 상관없었다. 다른 건 정말 아무래도 상관이 없었다. 아니, 상관이 있었대도 그때의 나는 상실이 그 자리에서 쏟아지지 않도록 꼬옥 붙든 채 단단히 앉아 있는 것 말곤 할 수 있는 게 없었다.

결국 밥을 남긴 채 식사를 마쳤다. 엄마는 못마땅해했지만, 긴 비행 탓에 입맛이 없는 모양이라며 아빠가 대신 변명을 해주자 큰 인심을 쓰는 척 내 앞에 놓여 있던 밥그릇을 치워주었다. 엄마가 식탁을 치우는 동안, 아빠는 언니 곁으로 가 비행기를 타고 온 물건들을 구경했다. 언니와 아빠가 정성스레 포장된 수키의 선물들과 그 앞에 붙은 카드라기엔 길고 편지라기엔 짧은 것을 골똘히 읽어보는 동안, 나는 어금니를 악물고 눈물이 차오르기 시작한 눈을 부릅뜬 채 조용히 마당으로 나갔다.

기와가 잿빛이던 그 집엔 나만을 위한 방이 없어서 장독들이 시야를 가리고 있는 담벼락 아래 쭈그려 앉아 작은 공간을 만들어야 했다. 겨울밤이 조급하게 깊어지고 있었다. 밤하늘은 맑게 검었고, 달은 유난히 날카롭고 선명했는데, 니니가 아주 좋아할 만한 그런 달이었다. 눈물이 차올라 시야가 일렁일 때조차 그 빛이 다 흐려지지 않을 정도로 밝았다.

눈물 한 줄기가 더는 견디지 못하고 툭 떨어져 내리자, 여러 밤 니니와 나란히 누워 쌓아 올렸던, 미처 이름조차 붙이지 못한 마음이 와르르 무너져 내렸다. 온몸이 오로지 그 마음을 무너뜨리는 일에만 몰두하느라 숨을 쉬거나 몸을 지탱하는 일을 절반쯤 잊은 것 같았다. 바닥에 주저앉아 담벼락에 등을 기대었는데도 달리 몸을 지탱할 무언가가 더 필요한 것처럼, 아니면 아득히 깊은 곳으로 빨려 들어가기라도 할 것 같은 공포가 일었다. 뒤늦게 터져 나온 울음을 두 입술로 악무는데 사지가 파르르 파르르 떨렸다.

모든 게 처음이었다. 잇새로 작게 새어 나오는 흐느낌

과 손끝의 떨림조차 낯설었다. 이전에 내가 상실이라 여기던 것들은 진정한 상실이 아니었음을 깨닫는 데에는 오랜 시간이 걸리지 않았다. 제대로 얻지 못한 것은 제대로 잃을 수 없으므로 그때까지 내 인생에 제대로 된 상실은 존재할 수 없었다.

그렇게 나는 처음으로 상실을 익혔다.

상실은 한동안 날 죽이고야 말 것처럼 집요하게 달려들더니, 어느 순간 툭 나를 놓아주었다. 자신만이 아는 어떤 목표에 도달하기라도 한 듯 흔쾌히, 실은 죽이려는 생각까진 없었다는 뒤늦은 변명처럼 맥없이.

사납던 울음이 그치고 재처럼 남은 눈물을 툭툭 털어내며 긴 한숨을 토해냈을 때, 내가 말짱히 살아 있다는 사실이 기이하게 느껴졌다. 온몸에 힘이 빠져 움직일 수 없었지만, 움직일 수 있었대도 달라질 건 없었다. 무엇을 해야 할지 몰랐으니까. 생각들이 모두 상실에 휩쓸려 가버린 것 같았다. 나는 별수 없이 담벼락에 몸을 기대놓은 채 멍하니 달을 올려다보았다.

니니가 좋아할 만한, 그러나 저기 한낮에 있을 그 애는 볼 수 없을 내 현실의 달을.

†

니니와 멀어지는 것은 의외로 간단한 일이었다. 고작 전화가 몇 번 엇갈린 것뿐인데도 긴 시간이 지나가 버렸다. 우리 사이의 거리는 결코 만만하지 않았다. 지구촌이라는 말은 교과서에서나 의미 있는 것이었다. 비행기로 고작 열몇 시간이던 거리는, 수천 킬로미터가 되더니, 수백만 미터가 되었고, 마침내 수십억 센티미터가 되어버렸다.

수키가 우리 집에 전화를 걸 때나, 그보다 가끔 내가 수키의 집에 전화를 걸 때 니니는 늘 집에 없었다. 당시 수키의 집에는 인터넷이 연결되어 있지 않았고, 그 동네에선 이메일보다 편지가 더 자연스러운 소통 수단이었다.

한국에 돌아와 몇 달간은 니니와 편지를 주고받았다. 내가 기나긴 편지를 보냈음에도 니니의 답장은 늘 짤막해서 실망에 실망을 거듭했고, 여름처럼 무더웠던 5월 어느 날 니니가 사진엽서 한 장으로 답장을 대신하고 말았을 때는 편지를 보내는 일을 그만두자 다짐했다. 서운한 마음도 마음이었지만, 내가 니니의 일상에 방해가 되고 있는 것 같다는 쓸쓸한 기분이 지워지지 않아서였다.

대체 우리는 무엇이었을까. 한동안 밤마다 곱씹던 생각은 종내 답 없이 흐물흐물해졌다. 편지마저 끊어진 뒤론 우리의 밤들이 내가 혼자 지어낸 망상에 불과한 것처럼 느껴지기도 했다. 정신없이 한 학기가 지나고, 대학생이 되어 맞이한 첫 여름방학이 끝나갈 무렵엔 지난겨울 수키의 집에서 보낸 시간, 니니와의 우정, 이름을 붙이지 못한 마음과 상실, 영영 지워지지 않을 것 같던 그리움 따위가 다른 차원으로 이동해 버리기라도 한 것처럼 막연해졌다.

그렇게 내가 현실을 향해 하루하루 내려앉는 동안, 니니가 어떻게 살았는지 알 수 없었고, 실은 그것을 제대로 궁금해하지도 않았다. 신입생이 된 나는 쓸데없이 바빴다. 엄마의 잔소리를 피할 만한 성적을 유지하면서도, 그 누구보다 스무 살 여자애다우면서 신입생답고 싶었는데 그러자면 시간이 빠듯했다. 무엇이 스무 살 여자애다운 것이고 신입생다운 것인지 곰곰이 따져볼 생각은 들지 않았다.

좋은 시절이라 남들만큼 놀지 않으면 제대로 청춘을 보내지 못하고 있는 것이라 여겨졌다. 나는 후회 없을 만큼 놀아봐야 한다는 강박과 여기든 저기든 사람들이 모이는 자리에 한 번이라도 빠졌다간 영영 캠퍼스라는 세계에서 굴러떨어질 것만 같단 초조함을 양 볼에 악문 채로, 이 사람 저 사람의 팔짱을 끼고 종종거리며 무리의 뒤를 쫓기 바빴다.

당시 내 청춘의 이상은, 얇은 시폰 재질의 짧은 치마를 입고, 밝게 염색한 긴 머리를 찰랑거리며, 긴 다리가 돋보이게끔 굽이 가느다란 구두를 신은 채 작은 핸드백을 어깨에 메고 전공서와 노트를 품에 안고 다니는, 얼굴은 뽀얗게 희고 뺨과 입술은 적당히 붉은, 이름마저 예쁘기로 유명한 A 선배의 삶이었는데, 내가 아는 사람들 중에 니니와 가장 동떨어진 사람을 꼽는다면 그녀일 거란 생각이 든다. 선배도 니니도 눈에 띄게 아름다운 편이었지만 그 아름다움의 성향이 너무 달라서, 둘 모두를 아름답다고 표현해야 한다는 것이 모순적으로 느껴질 정도였다.

니니가 실종되었을 무렵, 나는 수키에게 그 애의 안부

를 물을 생각조차 하지 않고 지냈다. 집에 있는 시간이 거의 없어서 수키가 엄마에게 전화를 걸어왔을 때 우연히 그 자리에 있는 일도 없었다. 그렇게 어느 정도 시간이 흐르자, 새삼 엄마의 수화기를 건네받아 수키와 인사를 나눈다던가, 니니의 안부를 묻는 것이 민망한 일처럼 느껴지는 수준이 되었다. 여전히 수키와 니니는 나에게 중요하고 소중한 사람들이었지만, 그들은 더 이상 나의 일상에 들어 있지 않았다.

그리고 수키가 선물한 브로치와 스웨터는 캠퍼스의 유행과 동떨어졌단 이유로 내내 침대 아래 보관함 구석에 잠들어 있다 잊히고 말았다.

✝

다시 니니에 대해 생각하기 시작한 건, 2학년이 끝나갈 무렵이었다. 동아리에서 친해진 선배를 따라간 모임에서 퀴어 영화를 보고 이야기를 나누는 동안, 새삼 니니에게 느꼈던 감정이 떠올랐다. 그리고 그때 나는 그 앨 사랑했던 걸까, 하는 의문이 일었다.

키스하고 싶거나, 같이 자고 싶지 않았어도, 그 또한 사랑이었을지도 모른단 생각이, 수업을 듣다가도, 버스를 기다리다가도, 음악을 듣거나 드라마를 보거나 도서관에서 책을 고르다가도, 문득문득 떠오르곤 했다. 그럴 때마다 입속이 마르고 뱃속이 싸늘해졌다. 허락되지 않은 공간에 실수로 발을 들여버린 것처럼.

이어지는 겨울에는 내내 그 생각을 밀어내기 위해 안간힘을 썼는데 잘 되지 않았다. 한참을 버티다 '그래, 내가 니니를 사랑했어, 됐지?' 투항을 하고 나면 그제야 생각이 나를 놓아주었다. 그렇다고 해서 달라지는 것은 없었다. 새삼 니니에게 연락을 해볼 생각이 들지도 않았고, 니니를 사랑했다는 사실을 인정했다고 동성애자가 될 필요도 없었다. 나는 니니가 여자라 사랑한 게 아니었다. 니니여서 사랑한 것이었다. 굳이 양성애자란 이름을 붙일 생각도 들지 않았다. 앞으로 내가 사랑하게 될 사람이 누구일지 알 수 없는데, 영영 니니 외의 여자를 사랑할 일이 없을지도 모르는데, 굳이 정체성을 정해두고 그 안에 나를 가

두고 싶지 않았다. 적어도 그 마음 하나만큼은 자유롭게 두고 싶었다. 어느 기준에도 맞추지 않고, 그저 가고 싶은 곳으로 갈 수 있도록.

그 후로 수년간 니니에게 느꼈던 마음과 그에 대한 생각들을 밖으로 끄집어낸 적이 없었는데, 감추고 싶은 비밀이라서가 아니라 그것을 굳이 누군가에게 털어놓아야 할 상황이나 그러고자 하는 마음이 생긴 적이 없기 때문이었다.

니니와 연락이 끊긴 지 7년쯤 지나 남편을 만났을 때 비로소 나는 처음으로 그 마음에 대한 생각들을 입 밖으로 꺼내보았다. 그사이 나는 두 번의 시시한 연애를 했는데, 상대는 모두 남자였다. 실은 그것을 연애라고 할 수 있을지 모르겠다.

첫 번째 연애는 소개팅으로 만난 사람과 여러 번 데이트를 한 것인데, 사귀자는 말은 없었지만 소개팅을 한 사람과 세 번 이상 만나면 그게 연애라는 친구들의 단언에 졸지에 남자 친구가 된 케이스였다. 어영부영 이어지던 관계는 연락이 드물어지다 어느 순간 두절되는 식으로 끝났는데, 누가 마지막으로 연락했었는지조차 기억나지 않는다.

두 번째 연애는 남편을 만나기 3년쯤 전, 대학 동기에게 고백을 받아 시작되었다. 졸업 후 동기들과 선배 몇몇이 모인 술자리에서 술김에 받은 고백이었는데, "받아줘.", "받아줘." 하는 분위기에 휩쓸려 고개를 끄덕이지 않을 수 없었다. 영 싫었다면 끝끝내 받아들이지 않았을 텐데, 술 김에 고백했다는 점 빼고는 그럭저럭 괜찮은 친구였다. 여 자 동기나 후배들 사이에선 제법 인기가 있는 편이라, 전 생에 고을 정도는 구한 게 아니냐며 조상님께 감사하라는 식의 야유 같은 축하를 받기도 했다.

그러나 조상님이 힘써주신 것이 아까우리만치 그 연애 는 지겹기 그지없었다. 차라리 어영부영 이어지던 과거의 데이트가 그리울 지경이었다. 나중엔 나를 기다리고 있는 그의 얼굴이 눈에 들어오는 순간부터 어서 빨리 각자의 집으로 돌아가는 시간이 오기를 바랄 정도가 되었다. 그 럼에도 헤어지잔 말을 꺼내지 못한 건 변변한 이유가 없 어서였다.

그가 어찌나 타의 모범이 될 만한 훌륭한 남자 친구였 는지, 혹시나 내가 그를 놓칠까 봐 주위에서 안절부절못할 정도였다. 엄마는 내가 운 좋게 잡은 나무랄 데 없는 신랑감을 놓치기라도 할까 봐 매번 데이트를 나갈 때마다 호들갑을 떨었고, 친구들은 당시 떠돌던 옥수수밭 이야기를 늘어놓으며, 저 끝까지 걸어가 봐야 더 나은 옥수수를 만날수 없을 거라 장담했는데, 그럴 만도 하단 생각이 들긴 했다. 나 역시 그가 다시없을 최고의 남편감이란 사실에 동의하는 바였다.

그러나 그가 마침내 수많은 사람 앞에서 무릎을 꿇고 결혼해 달라고 말했을 때, 나는 그 상황을 감당할 수 없었다. 그가 내민 반지를 받을 엄두가 나지 않아, 가엾은 그 사람을 길거리에 남겨둔 채 내달려 도망쳐 버렸다. 한참을 달리다 멈춰서 숨을 돌리고 보니, 아까 떠맡듯 받아 품에 안고 있던 백 송이 장미꽃은 어디론가 사라지고 없었다.

그 뒤론 대학 동창 모임에 나갈 수 없었다. 모임이 있을 때마다 나를 향해 별별 말들이 쏟아지고 있단 소릴 전해들었지만 분하기보단 스스로 당해도 싸다는 생각이 들었다. 머지않아 그가 선을 봐서 급하게 결혼했다는 이야기를 듣고는 내내 얹혀 있는 줄도 몰랐던 단단한 응어리가 비로소 녹아내리는 것을 느꼈다.

그리고 한동안 이전의 연애들이 실패로 끝난 이유가 혹시 내가 동성애자인 탓이 아닐까 하는 의심이 일기도 했지만, 그 문제는 내 인생에서 그리 중요한 이슈가 아니었다. 당장은 먹고사는 일이 중요했고, 삶은 충분히 버거웠으므로 당면하지도 않은 문제에 정신을 쏟을 여유가 없었다.

남편을 만날 무렵엔 연애니 결혼이니 하는 것 자체가 나와는 어울리지 않는다는 생각에 이르러 뇌리에서 저만치 치워져 있었다. 남편은 협력업체 직원이었는데 업무로 자주 얽히다 보니 간간이 사적인 이야기를 나누게 되었고, 내친김에 함께 밥도 먹고 차도 마시고 하다 보니 종종 영화도 보고 전시회도 같이 가는 사이가 되었다. 이제 와 생각해 보면 그건 누가 봐도 데이트였지만, 당시엔 마음이 잘 맞는 동료와 가벼운 프로젝트를 함께 진행하는 기분이었다.

나중에 듣기로 남편은 그때부터 내 마음을 사려 애를 쓰고 있었다지만, 불행인지 다행인지 조금도 티가 나지 않았다. 내가 유별나게 둔해서 알아차리지 못한 것도 아닌 것이, "그 남자가 너에게 관심 있는 거 아니야?" 하던 친구들도 정작 그와 내가 함께 있는 것을 보고는 '그냥 일하다 만난 사람'이란 말 외엔 마땅한 표현이 없을 것 같단 나의 말에 토를 달지 못했다. '친구'라는 단어조차 그와 나 사이에는 너무 거창하게 느껴질 정도였다.

신기했던 건, 그런 그의 앞에서만큼은 가장 친한 친구에게도 하기 꺼려지던 이야기를 무심결에 늘어놓게 되었다는 것이다. 한산한 공원 벤치나 한강 고수부지, 이름 모를 골목길, 카페의 후미진 테이블 따위에서 그가 내 이야기를 듣기 위해 존재하는 사람인 것처럼 별의별 이야기를 다 했다. 그러다 혼자 감정에 북받쳐 불쑥 눈물을 쏟기도 했는데, 그럼 그는 당황하거나 뭘 어찌해 보려 아등바등하는 대신, 조용히 티슈 몇 장을 집어 주곤 내가 알아서 슬픔이나 설움을 수습하기를 가만 기다리곤 했다.

어제는 남편에게 "그땐 당신이 친구도 아니고, 가족도 아니고, 사실 그냥 아무것도 아닌 사람이라 그랬던 것 같아." 하며 변명 아닌 변명을 늘어놓았는데, 정작 그는 아무렇지 않은 얼굴로 갸우뚱하더니 "그럼 왜 아직까지 별별 이야기를 다 해? 우리 여전히 아무 사이 아닌 건가? 결혼은 굿 리스너를 영원히 붙잡아두려는 법적 조처였나?"하며 이죽거렸다. 내가 "그렇다고 하면 나랑 헤어질 거야?" 맞장구치듯 빈정거리자, 그는 기다렸다는 듯 "그럴 리가." 하고 소년처럼 헤헤 웃었다.

나는 남편을 사랑했고, 사랑하고 있으며, 아마 계속 사랑할 것이다. 그리고 그도 그걸 안다. 그러나 그는 내게 니니가 주었던 것과 같은, 일종의 절대성을 띠는 행복을 주지 못했고, 아마 영영 주지 못할 것이며, 남편은 그 역시 알고 있다.

니니에 대한 이야기를 처음 털어놓았던 밤, 그에게 고백을 받았다.

"저 은재 씨 좋아해요. 이미 알고 있었겠지만."

전혀 몰랐는데요, 라는 말은 머릿속에서만 맴돌았다. 당황한 나머지 입술이 떨어지지 않아서였다. 적어도 전에 누군가에게 고백을 받았을 땐 이전에 혹시나 싶은 생각이 드는 순간이 있었거나 묘한 조짐이 엿보이곤 했었는데, 정말이지 그의 고백은 갑자기 하늘에서 한 줄기 빛이 길게 떨어지더니 외계인이 나타나 건넨 인사처럼 뜬금없었다.

그러거나 말거나 그는 내 대답은 기대도 안 한다는 양 말을 이었다.

"그러니까 은재 씨가 여자만 좋아하는 건지, 남자라도 상관없는 건지, 니니라는 분이 아니면 이쪽이나 저쪽이나 다 별로인 건지 생각해 볼 때, 나에 대해서도 잠깐 생각해 봐줄래요? 뭐, 스치듯 잠깐이어도 돼요. 전혀 생각해 보지 않는 것보단 가능성이 있는 거니까."

보기보다 참 소박한 바람을 가진 사람이구나, 생각하며 나도 모르게 풋, 웃음을 터트리고 말았다.

"미안해요. 그게, 정말 미안해요."

나도 모르게 터져 나온 웃음에 대해 사과하자, 그가 망연한 얼굴로 웅얼거렸다.

"그렇게 빨리 대답해 달란 건 아니었는데."

"네?"

"미안하다면서요."

"미안하죠, 그런 말 듣고 웃으면 안 되는 거잖아요."

"아, 그게 미안하다고요? 난 또."

그제야 다소 질렸던 그의 얼굴에 온기가 되돌아오기 시작했다. 고작 그걸 확인하고 안도하는 그를 바라보며, 이상하게도 나 역시 이 사람을 좋아하는가 보다, 하는 생각을 했다. 그때 그에게 느낀 감정을 사랑이라고 쉽게 명명할 수 있었던 건, 그 감정이 니니에게 느낀 것보다 더 명확한 형태를 띠어서가 아니라 그저 그가 남자이고 내가 여자였기 때문이었을 것이다.

만일 다음 날 문득 니니가 내 앞에 나타나 그 아이를 향한 마음이 전처럼 되살아났더라도, 나는 따져보지 않고 쉽게 명명할 수 있는 그와의 사랑을, 설득하고 싸우지 않아도 끌어안을 수 있는 그와의 행복을 택했을 것이다.

어쩌면 니니는 내가 그런 사람이라는 걸 나보다 먼저 알아차려서 단 한 번도 전하지 않았는지 모른다. 보고 싶다거나, 다시 만나러 오라거나, 언젠가 너를 만나러 가겠다거나 하는 식의 빤한 말들을.

‡2020‡

긴 회고를 마친 세실은 품에 들고 있던 새 꽃다발을 니니의 묘비 아래 비스듬히 내려놓고 대신 하룻밤을 지새운 꽃다발을 품에 안고는 나에게 자신의 집에 들러 차를 마시고 가겠냐고 물었다. 누가 봐도 예의상의 초대여서, 나 역시 누가 봐도 예의상의 핑계를 대며 거절했다.

세실과 나는 공원의 초입에서 각자 가야 할 방향으로 갈라져 멀어졌다. 다시는 만날 일이 없으리란 게 분명했지만, 길을 따라 내려가는 동안 나는 한 번도 뒤를 돌아보지 않았고 그녀 역시 그랬으리라 생각한다.

건널목 앞에서 신호등이 바뀌기를 기다리며 걸음을 멈

쳤을 때, 왼손 검지에 끼워져 있던 반지를 빼보았다. 십수 년 전 세실이 내게 준, 당신의 사랑을 지켜줄 거라던 주문 같은 글귀가 적힌 그것이었다. 희미해졌지만 다 사라지지 않은, 실눈을 뜨고 보면 그럭저럭 헤아릴 만한 글귀를 나직하게 읊다 보니 입술 가장자리로 비웃음이 삐져나왔다.

니니를 향한 그리움을 떨쳐내려 애쓰던 시절에도 차마 그 반지를 빼지 못했다. 반지에 정말 무슨 힘이라도 깃들어 있을 것 같아서. 자신의 반지엔 사랑이 당신을 지켜줄 거라고 써 있다며 빙긋 웃던 니니의 얼굴이 떠오를 때면, 반지 낀 손가락을 움켜쥐고 그 애의 행복을 빌며 눈물을 흘리기도 했다. 그런 우스운 행동을 할 바에 전화 한 통 걸어볼 용기를 내지 못한 자신이 새삼 한심스러웠다.

그때는 별게 다 두려웠다. 연락이 뜸해진 니니에게 굳이 전화를 걸어 그 애의 감정이 전과 같지 않다는 것을 확인하게 될까 봐 두려웠고, 나만 그 애를 애타게 그리워한 것일까 봐, 나의 관심이 기쁨이 아닌 부담으로 여겨질까 봐, 눈치 없이 욕심을 부려 지나간 추억마저 망가뜨릴까 봐 겁이 났다.

나는 니니에게 산뜻한 사람으로 남고 싶었고, 그 애뿐 아니라 세상 그 누구에게도 질척거리고 싶지 않았다. 나는 그렇게 나를 지켰다. 자신을 온전히 사랑할 수 없어서, 그런 알량한 자존심이라도 지키지 않곤 사람들 사이에서 반듯이 서 있을 수 없었다. 당신의 사랑을 지켜줄 거라는 반지를 어루만지며 니니의 행복을 비는 동안에도 실은 나 자신을 지키고 있었던 것이다.

반지를 힘껏 움켜쥐는데, 또 아인의 말이 떠올랐다. 전날 아인은 내게 누가 니니를 죽였는지 말해주었다. 그리고 어쩌다 그런 일이 벌어졌는지도.

"니니를 죽인 사람은 그 애 아버지가 아니야. 니니가 사라진 날, 그 사람은 술에 절어 무슨 일이 벌어지고 있는 줄도 모르고 종일 자다 깨기나 반복했거든. 사업이라고 시작한 일이 꼬인 데다 동업자인 친구에게 배신까지 당해 잔뜩 골이 난 채로. 내가 니니를 찾아다닐 당시에 그 사람의 이웃에게서 들은 이야기야. 종일 건물 안을 돌아다니면서 세 들어 사는 사람들의 동태를 살피는 게 취미인 노인이었는데 그 안에서 일어나는 일이라면 모르는 게 없었어. 그 노인이 살아 있었다면 니니 아버지의 알리바이를 대주었을 수도 있겠지.

사실 나도 정확히 누가 니니를 죽였는지는 몰라. 니니가 사라지고 얼마 뒤 교통사고가 일어났고, 그 사고로 죽은 두 사람 중 하나가 범인이란 것만 알지. 하나가 아니라 둘 다일 수도 있고.

사라지던 날 니니가 유독 예민했는데, 당시엔 별 의미를 두지 않았어. 내가 워낙 집착적으로 니니를 따라다니던 중이라 그럴 만도 하단 생각이 들었거든. 그 무렵 니니는 아버지가 강요하지 않아도 여러 남자를 만나고 다녔는데 하나같이 질이 나빴어. 이전에 만났던 사람들처럼 비열하고 추잡한 정도가 아니라 말 그대로 위험한 사람들도 있었고.

불안한 나머지 내가 봐도 미쳤다 싶을 만큼 전보다 더 집요하게 니니의 뒤를 밟았어. 니니가 어느 건물로 들어가 시야에서 사라질 때면, 계속 연락이 되지 않으면 쫓아 들어가거나 신고를 할 수밖에 없다는 식으로 답장을 강요하는 메시지를 보내기도 했고.

경찰이 나를 의심하는 것도 이상한 일이 아니야. 그럴

정도였는데 니니가 만나던 남자들이 나를 가만 둔 건 아마 니니가 중간에서 막아줬기 때문일 거야. 어쩌면 니니는 내가 주변 어딘가에서 자신을 지켜보고 있기를 바랐던 건지도 몰라. 니니가 사라졌던 날을 생각하면, 작정하면 나를 떼어낼 수 있었던 거니까.

그날은 나는 나대로 감정이 극에 치달아 있었어. 니니가 자학적인 관계들을 이어가는 걸 보는 것도 괴로웠고, 나날이 나를 대하는 태도가 퉁명스러워지는 것도 힘들었어. 사람들이 보는 앞에서 대놓고 무안을 주고 싫은 소리를 하기도 했는데, 일부러 그러는 줄 알면서도 상처를 받았지. 니니는 내가 자신과 상관없이 내 인생을 살길 바랐어. 수키네 집에서도 곧 나올 생각이라고 했고, 세실이나 다른 친구들하고도 서서히 거리를 뒀지.

그땐 니니가 삐뚤어지고 있다고만 생각했어. 모든 것에 진저리가 나서 아주 망가져 버리기로 작정한 거라고. 근데 나중에 알고 보니 그 앤 그 애대로 계획이 있었더라고."

니니는 혼자 도망치지 않았다. 그럴 수도 있었는데, 그러는 편이 자신을 위해 더 나은 선택이었을 텐데. 그 앤 자신의 행복만을 생각할 줄 몰랐고, 사랑하는 사람들을 그냥 두고 떠날 수 없었다. 자신의 아버지로부터 그들을 보호할 방법을 찾아야 했고 그러기 위해 무모해질 수밖에 없었다.

아인을 따돌렸던 날, 니니는 끼어서는 안 될 무리에 끼어, 해서는 안 될 짓을 했다. 대가는 니니의 아버지를 다른 도시로 데려가 일자리를 구해주고 수키나 세실 근처에 얼씬거리지 못하도록 감시하는 것이었다. 아인은 더 자세한 것을 말해주지 않았고 나도 묻지 않았다. 중요한 건 그것이 니니 자신을 위한 일이 아니라는 것뿐이었다.

아인은 범인이 애초부터 니니를 죽일 셈은 아니었던 것 같다고 했다. 니니가 죽을 때 그 자리에 있었던 누군가의 표현대로라면 그건 사고였다. 그 애를 죽인 사람의 죽음이 그랬던 것처럼. 그리고 그들이 니니의 시신을 몰래 아무렇게나 묻어버린 건 경찰이 의심하듯 살인을 숨기기 위해서가 아니었다. 그들이 숨기고 싶었던 건 니니의 죽음이 아닌, 그로 인해 덩달아 밝혀질 다른 사실들이었다.

"그렇게 놀랄 거 없어. 세상에선 매일같이 사람이 죽는 사고가 일어나니까. 어쩌면 지금 이 순간에도 누가 사고로

죽고 있을걸."

아인은 이름 모를 누군가의 말을 고스란히 전해주며 긴 이야기를 마쳤다.

움켜쥐고 있던 반지를 핸드백 속에 집어넣고 고개를 들어보니, 이미 신호등이 바뀌어 있었다. 서둘러 걸음을 옮기려는데 건너편에서 걸어오는 남자가 시선을 끌었다. 남자는 감색 헤링본 재킷의 커다란 주머니에 두 손을 찔러 넣은 채 터벅터벅 내 쪽을 향해 걸어왔다. 덥수룩한 머리칼 밑으로 반쯤 내리깔린 그의 눈매가 어쩐지 낯이 익었다. 그리고 끝이 선 콧날과 그 아래 입술산의 굴곡도.

남자의 눈동자가 궁금해서, 그가 건널목을 건너오는 동안 나도 모르게 그의 얼굴을 뚫어져라 쳐다보았다. 그러나 그는 전혀 시선을 느끼지 못했는지, 모른 척을 한 것인지, 잠시도 내 쪽을 돌아보지 않았다. 마침내 길을 다 건넌 남자는 나를 무심히 지나쳐 공원 쪽으로 나아갔다. 그의 옆구리엔 둥글게 말린 잡지와 얇은 크라프트지로 포장된 튤립 한 송이가 끼워져 있었고, 나는 멀어져 가는 그에게서 오랫동안 눈을 떼지 못했다.

다음 신호를 기다려 길을 건너고, 올 때 탔던 것과 같은 번호의 버스를 타고, 익숙한 정거장에서 내려 세 블록을 걸어가 수키의 집 현관 앞에 다다라서야, 니니가 가장 좋아하던 꽃이 튤립이라던가, 둥글게 말린 잡지 표지가 니니가 즐겨 보던 잡지의 그것과 비슷하단 생각이 떠올랐다.

그리고 수키가 전날 밤 했던 말이 뇌리를 가로질렀다.

"그 사람도 니니를 사랑했어. 난 그걸 부인하고 싶지 않아. 내가 해보지 않은 사랑이라고 해서 존재하지 않는 것은 아니니까. 그리고 사랑하는 사람을 상처 입히는 일은 흔한 일이잖아. 이 나이쯤 되니까 살아 있는 모든 것을 동정하게 돼. 물론 그렇다고 용서가 되는 건 아니지만. 누군가를 참을 수 없을 만큼 미워하면서도 내심 동정한다는 게 영 말도 안 되는 일처럼 보이지만, 막상 해보면 그렇지도 않아. 도리어 졸리면 눈꺼풀이 무거워지는 것처럼 자연스럽지."

✝

"세상에 어떤 식으로든 미치지 않은 사람이 있을까?"

서울에 돌아와, 공항에서 집으로 향하는 길에 혼잣말처럼 중얼거린 말에 남편은 답을 주지 않았다. 답을 바라고 한 말이 아니었으니 괜찮았다. 그는 운전하는 중이었고 차 안은 때늦게 그를 사로잡았다는 십수 년 전 가요로 소란스러웠는데, 그럴 때 내 말에 귀를 기울인다는 건 멀티태스킹에 취약한 그에겐 기대할 수 없는 일이었다.

내가 답을 바랐더라면 볼륨을 줄이고, 일단 다른 말로 그의 신경을 내게 끌어온 뒤, 보다 큰 소리로 물음을 던졌을 것이다. "남자가 상대를 정말 사랑하면 어느 상황에서건 관심이 집중되어 있기 때문에 상대의 말을 놓치지 않아. 만약 그 남자가 네 말을 흘려듣는다면 그건 사랑이 식었단 증거지."라는 경험 많은 동료의 주장에 따르자면 남편은 애초부터 나를 사랑한 적이 없다.

그녀처럼 사랑을 정의 내릴 줄 아는 사람 앞에선 움찔하게 된다. 그런 사람 앞에서 나는 한 번도 제대로 사랑을 한 적이 없고, 한 번도 제대로 된 사랑을 받아본 적이 없는 사람이 될 각오를 해야 하니까.

수키의 말을 빌려 네가 해보지 않은 사랑이라고 해서

존재하지 않는 건 아니라고 반박할 수도 있겠지만, 나는 그럴 위인이 못 된다. 누가 누가 옳은지 따지는 일은 상상만으로도 피곤하다. 나는 아마 '그래 네가 옳아.' 하고 물러서서, 상대가 내 사랑을 부정하는 꼴을 가만 지켜볼 것이다. 나는 비겁한 사람이고, 어차피 비겁한 사람의 사랑은 따지면 따질수록 사랑이 아닌 것이 되니까. 증명은 여러모로 부질없는 일이다.

"모든 면에서 자긴 정상이라고 믿는 사람이 실은 제일 미친 거 아닐까?"

집에 다다라 차에서 내려 주차장을 걸어 나오는 길에 남편이 되물었을 때, 나는 이제야 이 남자가 나를 진심으로 사랑하게 된 건가, 하는 우스운 생각을 했다.

"고마워."

"뭐가?"

"그냥 이것저것 다."

내가 사랑하는 남자는 집요한 사람이 아니었으므로 그러니까 이것저것이 뭔데? 하고 캐묻는 대신 고마움을 이끌어낸 자신을 뿌듯해하며 의기양양하게 내 어깨를 감싸

안았다. 나는 그런 그에게 생의 무게를 얼마쯤 기댄 채 수천 킬로미터 떨어진 곳에 두고 온 수키에 대한 이야기를 두서없이 늘어놓았다.

처음엔 수키가 밀랍 인형처럼 보였다고 말하다가, 수키는 용서할 수 없는 사람도 동정할 수 있는 사람이 되었다는 말을 꺼내고, 그러다 사슴이 기린만큼 목이 길지 않은 건 사슴 잘못이 아니니 괜찮은 거라느니, 수키의 집은 거의 달라진 게 없어서 계단을 내려가는 길에는 그대로 과거로 돌아갈 수 있을 것 같은 기분이 들었다느니, 돌아오기 전날 밤엔 수키의 침대 옆에서 그녀의 이야기를 듣다가 나도 모르게 엎드려 잠이 들었다느니, 거긴 이 시기에도 튤립이 피는 모양이라느니, 마지막 인사를 할 때 수키는 어쩐지 백 살까지 살 수 있을 것처럼 보였다느니, 수키를 돌보는 요양보호사의 딸이 케이팝에 빠졌는데 특히 당신도 좋아하는 그 아이돌 팬이라느니, 수키네 집 버스정류장 근처 서점에 수필집인지 소설책인지 모를 수키의 책이 있기에 얼른 집어 들고 나왔다느니, 근데 돈을 냈는지 안 냈는지 벌써 기억이 나지 않는다느니, 어쩌면 인터폴에서 절도

로 신고가 들어올지도 모른다느니, 하다가

"그러니까 어느 날 누가 경찰입니다, 하고 벨을 눌러도 놀라지 마."

하는 우스갯소리를 던질 때쯤엔, 우린 벌써 짐들을 대충 풀어놓고, 남편의 부탁을 받아 사 온 위스키가 들어 있는 초콜릿을 까먹으며 거실 바닥에 나란히 누워 있었다. 집 안 공기가 가장 따뜻해지는 시간이었지만, 햇살이 비켜 간 등 아래 마룻바닥에선 한기가 스멀스멀 올라왔다. 그 한기를 물리치려는 헛된 몸부림처럼, 나는 저기 한 뼘 옆에 늘어져 있던 남편의 손을 부여잡으며 말했다.

"근데 그 앤 거기 없었어."

새삼 내 쪽을 돌아본 그의 시선이 느껴졌지만, 눈을 마주칠 용기가 나지 않았다. 대신 흔들리기 시작한 두 눈동자를 그늘 어린 천장에 매어둔 채 말을 이었다.

"수천 킬로미터쯤 떨어진 어딘가에는 있을 줄 알았는데, 이제 어디에도 없대. 아무리 용기를 내도, 무슨 수를 쓰더라도, 다시는 만날 수 없게 된 거야. 벌써 한참 전부터 그랬대. 한참 한참 전부터."

그리고 눈을 질끈 감자, 언젠가 니니가 읽어주었던 수
키의 문장이 떠올랐다.

> 그런 행복은 다시 없을 거야.
> 네가 곁에 있던 그때처럼 행복해지는 법을
> 나는 여태 발견하지 못했고,
> 아마도 영영 찾지 못할 것 같거든.

미처 삼키지 못한 울음을 토해내자, 남편이 나를 자기
품 안으로 끌어당겼다. 그의 품에서 나는 오래 울었다. 씩
씩한 척 웃으며 일어나 놓고 뒤늦게 무릎의 까진 상처를
발견하고서 울기 시작한 어린아이처럼 새삼, 서럽게.

‡

307호 강의실에서 네가 처음 나에게 말을 걸었던 날,
나는 처음으로 아버지에게 말대꾸를 했다. 아침마다
들어 넘기던 아버지의 훈계가 그날따라 거슬렸고, 또

그날따라 아버지는 내 옷차림이 마음에 들지 않았다.

"다 큰 계집애가 창피한 줄 알아야지! 수치를 모르면 인간이 아니라 짐승이다."

그놈의 계집이니 짐승이니 하는 소리가 듣기 싫었다. 그래서 "이 집안 잘난 사내 중에 짐승 같은 계집보다 똑똑한 놈 하나 없는 게 진짜 수치겠죠." 쏘아놓곤 집을 뛰쳐나왔다.

아버지는 어렴풋이 알았을까, 자랑이던 당신 딸이 그날부터 당신의 수치가 되리라는 걸. 물론 아버지는 여전히 모른다. 내가 그의 수치가 되었다는 것을.

그날 아침이 달랐다면, 너와 나의 이야기도 달라졌을까. 아버지가 계집 운운하지 않았더라면, 내가 아버지에게 대들지 않았더라면, 빈손으로 집을 나서지 않았더라면.

네가 조용히 내 옆으로 와 책을 내 쪽으로 쓰윽 밀며, 같이 보자 속삭였을 때 너를 밀어내듯 그 책을 밀어낼 수 있었을까.

너와 내가 시종일관 붙어 다니고, 손을 잡고, 팔짱을 끼고, 때로 네가 나를 와락 끌어안는다고 해서 눈살을 찌푸리는 사람은 없었다. 네가 매일같이 나에게 좋아한다 말해도, 보고 싶었다 말해도, 죽을 때까지 평생 변치 말자 말해도, 누구도 신경 쓰지 않았다. 나의 부모님에게도 그건 아무 문제가 될 것 없는, 나의 치마 길이보다 중요하지 않은 사실이었다.

우리가 살던 세상에서 그건 그저 각별한 우정처럼 보였으니까.

그러니 내가 너에게 똑같이 좋아한다 말하고, 보고 싶었다 말하고, 평생 변치 말자 말해도 달라질 건 없었다. 내가 먼저 네 손을 잡고, 내가 먼저 팔짱을 끼고, 내가 먼저 너를 끌어안아도 누구도 신경 쓰지 않으리란 것도 알았다. 그런데도 나는 차마 그럴 수 없었다.

우리의 그것이 다른 이들의 그것과 다르다는 사실을 모른 척할 수 없었다. 그렇다고 그 사실을 인정할 수도 없어서 나는 늘 우리라는 테두리에서 한 발을 빼 저만치 두어야 했다.

우리의 사랑엔 허용되지 않을 자비와 은혜가 탄생한 성
탄절에, 네가 가만히 내 손등에 입을 맞추며 말했다.

"너는 내가 바본 줄 알지, 아무것도 모르는. 네가 뭐라
하면 항상 '그래 맞아.' 하며 히히 웃으니까 아주 맹추인
줄 알지? 네가 민주화가 어쩌고 세상이 어쩌고 그래서
내가 널 멋지다고 하는 줄 알지? 그리고 넌 내가 만날
깜짝깜짝 잘 놀란다고 내가 겁쟁이인 줄 알지? 툭하면
운다고 앤 줄 알지? 데모 같은 거 따라가지 말자고 조르
는 내가 네 눈엔 그저 유치해 보이지? 근데, 바보야, 여
기서 진짜 바보는 너야. 진짜 유치한 겁쟁이도 너고."

그리고 네가 뚝뚝 눈물을 흘릴 때, 나는 네가 아닌 다
른 사람들을 보고 있었다.

좀 전에 네가 내 손등에 입을 맞추는 걸 누가 보았을까
봐. 실은 보았대도 상관없었는데. 장난이려니 했을 테
니, 아니 그러거나 말거나 관심도 없었을 테니. 내가 남
자이거나 네가 남자였다면 몰라도, 우습지만 너도 나
도 여자이니 아무도 상관하지 않았을 텐데.

네 말이 맞았다. 거기서 바보는 나뿐이었고, 진짜 유치

한 겁쟁이도 나빴었고, 너와 내가 똑같이 여자인 게
문제라고 생각하는 사람도 나빴었다.

네가 선배에게 그런 일을 당한 것은 내 탓이었다.
 내가 너를 동아리 모임에 데려갔고, 선배에게 너를 소
개했고, 남들이 둘을 이어주겠다며 방방거리는 것을
그저 지켜보아서만은 아니다. 또 마지막에 내가 네 손
을 놓아서만도 아니다.
 만일 내가 각별한 우정을 빙자해서라도 네가 좋다고,
보고 싶었다고 말했더라면, 먼저 손을 뻗어 네 손을 움
켜잡았더라면, 위로가 필요한 척 너를 와락 끌어안았더
라면, 단 한 번이라도 그런 시시한 용기를 내었더라면,
 그날 네가 그렇게 보란 듯이 선배를 따라나서지 않았
을 테니까.

"사랑은 이유가 될 순 있어도, 핑계가 될 순 없다고 생
각해. 네 사랑이 그런 거라면 그런 거겠지. 이해하려면
이해할 수 있을지도 몰라. 하지만 용서는 다른 문제잖

아. 사랑이 면죄부가 되면 세상이 얼마나 끔찍해질지 상상해 본 적 있어?"

　너는 그렇게 말했고 나는 어떻게도 말하지 못했다. 실은 상상해 볼 필요도 없는 일이었다. 그래서 끔찍해진 세상을 너도 나도 두 눈으로 똑똑히 지켜본 뒤였으니까. 선배는 사랑을 핑계로 댔고, 사람들은 기다렸다는 듯 그에게 면죄부를 주었고, 너는 그들에게 용서를 강요받았다. 그런 너에게 내가 어떻게 감히 사랑을 말할 수 있었을까.

　용서는커녕 이해조차 바랄 수 없었다. 냉정한 말에 조용히 밀려나는 게 너를 위해 내가 할 수 있는 최선이라고, 그때는 생각했다. 그럼에도 나는 그게 마지막일 거라 여기지 않았다. 아니, 그런 게 마지막이어서는 안 된다고 생각했다. 언제, 어떤 식으로든, 너에게도 나에게도 다음이 필요했다.

　나도 그랬다. 언젠가는 니니와 다시 만나게 될 거라고, 눈물 한 방울 흘리지 못한 그 마지막이 끝은 아닐 거라고,

그래서는 안 된다고 느꼈었다.

다음은 다를 거라고, 용기 내 니니의 아픔을 마주하고 끌어안아 줄 수 있을 거라고, 차마 뱉지 못했던 내 마음도 그 애처럼 둥글게 소리 내 말할 수 있을 거라고, 단 하루 만에 어른이 된 내가 아니라 정말 어른이 된 나는 그럴 수 있을 거라 믿었다.

니니가 이 세상에 없다는 걸 알게 된 뒤로, 아이러니하게도 내 의식 한구석엔 늘 니니가 있었다. 밥을 할 때도, 장을 볼 때도, 심지어 아이들을 챙기거나 남편과 나란히 누워 있을 때조차 나는 니니와 함께인 것 같았다.

수키의 책을 다시 읽고, 혼자서라도 수키의 '너'를 찾아야겠단 결심을 한 건, 죽음을 앞둔 수키를 위한 일만은 아니었다. 나는 니니를 위해 무엇이라도 해야 했다. 나에게도 어떤 식으로든 니니와의 '다음'이 필요했다.

수키의 책이 소설이든 수필이든 '너'라고 지칭된 사람이 실제로 존재한다는 것은 확실했다. 수키 본인에게 들은 말이나, 간혹 엄마가 흘리듯 뱉었던 말들이 그 사실을 넌

지시 일러주었다.

각오가 선 뒤로 그녀를 찾는 일은 의외로 어렵지 않았다. 엄마를 통해 수키가 다닌 대학을 알아냈는데, 마침 친구의 어머니가 그 무렵 그 대학을 다녔던지라, 수소문 끝에 수키와 같은 과 동기라는 사람과 연락이 닿았다. 그 사람은 수키를 기억하고 있었고, 수키와 친했으며 당시 모두의 입방아에 오르내리던 사건에 연루되었던 또 한 명의 동기에 대해서도 기억하고 있었다. 어렴풋한 기억을 되짚어보던 그가 "그게 참 유난히 잊히지 않는 아이라서."라고 말했을 때 나는 그게 수키를 두고 한 말인지 아니면 '너'를 두고 한 말인지 알 수 없었다.

한때 과 대표이기도 했던 그는 여전히 발이 넓었고 연락이 닿는 동문도 제법 많았다. 적지 않은 나이에도 페이스북이니 트위터니 인스타그램이니, 온갖 SNS를 활발하게 이용하고 있다는 사실에 은근한 자신감을 뽐냈는데, 요즘 사람이라고 자부하는 그 덕분에 예상보다 일이 쉬워졌으니 자부심을 가질 만하다는 생각이 들었다.

건너 건너 소식을 전하고 한번 뵐 수 있겠냐 물었는데,

생각을 좀 해보겠다던 수키의 '너'는 끝내 나를 만나주지 않았다. 전화번호조차 알아낼 수 없었다. 대신에 나는 그녀의 친구라는 사람의 꽃 가게로 찾아가 짧은 편지와 니니가 번역하고 내가 교정한 수키의 책을 맡겨두고는, 초면인 사람에게 부탁만 하는 것이 민망해서 취미에도 없는 호접란 화분 하나를 골라 품에 안고 나왔다.

무언가를 키우는 일에 영 재주가 없었던 나는 이미 그때부터 눈처럼 뽀얀 호접란을 가엽게 여겼는데, 의외로 호접란은 오래 목숨을 부지했다. 물을 잘 챙겨준 기억이 없는데도 그리 살아남은 것을 보면 아마도 내가 보지 않을때 남편이 물을 준 모양이었다.

시들 기미가 보이지 않는 호접란이 새삼 시선을 끌기에 꽃 가게에 다녀온 날을 헤아려보는 동안, 나 같은 애는 필히 결혼을 해야 한다던 엄마의 말에 아무래도 일리가 있었던 것 같단 생각을 처음으로 했다.

수키를 보러 다녀온 뒤 사나흘에 한 번꼴로 그녀와 주거니 받거니 통화를 하게 되었는데, 나는 차마 책 속의 '너'를 찾아다닌 일을 털어놓지 못하면서도 혹시나 내가 모르는 사이 두 사람의 '다음'이 있었던 건 아닐까, 싶어 수화기 너머 수키의 기색에 신경을 곤두세우곤 했다.

호접란을 키운 지 한 달이 좀 넘어갈 무렵, 수키와의 통화가 유독 기억에 남는다. 그날 수키의 목소리는 반쯤 잠겼는데도 유난히 밝았다. "은재니?" 하는 첫마디에서부터 무언가 다르다는 것을 느낄 수 있었다. 그럼에도 나는 마음속에서 살랑거리는 의문을 입 밖으로 내놓지 않았고, 수키 쪽에서도 별다른 이야기는 없었다. 다만 수키가 뜬금없이 "고맙다." 하기에, "뭘요." 한 게 전부였다.

이어서 수키는 그날 오전에 아인이 집에 다녀갔다고 말했다. 기술이 발달한 덕분에 경찰이 뒤늦게 아인이 범인이 아니란 증거를 찾아냈는데, 그렇다고 해서 진짜 범인이 누구인지를 밝혀낼 만큼은 기술이 발달하지 못한 모양이라고 했다. 결국 사건은 미제로 끝났고 더 기술이 발달하면 언젠가 범인이 밝혀지겠지만, 수키는 아무렴 어떠냐는 생각이 든다고 했다.

그리고 아인이 점심이 지나도록 침대 가에 붙어 앉아 몰랐던 많은 일들을 말해주었는데, 앞으로 매일 들러서 니니 이야기를 나누고 싶다고 하기에 그러라고 했다고 전하는 수키의 목소리는 약간 들떠 있었다. 그 목소리가 영 낯설면서도 반가웠던 기억이 난다.

과연 수키의 책이 '너'에게 전해졌고 그들의 '다음'이 있었는지 수키에게 묻는다면 대답해 주리란 생각이 들었지만 굳이 그럴 필요를 느끼지 못했다. 그 사실은 내게 중요한 문제가 아니었다. 나는 내가 할 수 있는 일들을 했고, 그것으로 충분했다. 니니와 나에게 필요했던 건, 그들의 '다음'이 아닌 언젠가라는 기한이 붙어 있던 우리의 '다음'이었으니까.

그 이후로 내 일상 한구석에 늘 자리 잡고 있던 니니가 희미해지기 시작했다. 여전히 니니가 곁에 있는 것처럼 느낄 때가 있지만, 혼자 시간을 보낼 때 종종 그럴 뿐이다. 문득 니니의 존재가 느껴질 때면, 나는 반갑게 눈을 내리감는다. 그럼 니니의 목소리가 머릿속에 울려 퍼지는데, 변함없이 달콤하지만 전보다 밝고 가벼워 마치 춤을 추는 것 같다. 그 소리에 마음을 온전히 기울이고 있자면, 아주 오래전 잃어버린 줄 알았던 기쁨이 잠시 나를 스치고 지나간다. 그럼 여지없이 눈물이 흐르곤 하는데, 그것이 기쁨에서 온 것인지 슬픔에서 온 것인지는 알 수 없다.

수키는 의사가 예고한 것보다 반년을 더 살았다. 나는 수키의 장례식에 가지 못했지만 그 자리에 있던 아인과 영상통화를 하며 수키의 장례식을 볼 수 있었다. 세실 옆쪽에 서 있던 여자가 아무래도 꽃 가게 사장이 보여준 사진 속 '너'인 것 같았는데, 아인에게 다시 그쪽을 비춰달라고 했을 때 그녀는 이미 거기 없었다.

수키는 니니 옆에 묻혔다. 가족이 합장의 형태로 묻히는 작은 묘라 니니의 묘비 옆에 바투 붙어 수키의 묘비가 세워졌다. 아인은 니니의 묘비를 한참 비춘 뒤에야, 수키의 묘비를 비춰주었다. 거기엔 그녀가 스스로 미리 써둔 묘비명이 새겨져 있었다.

'나는 늘 길을 찾았고,

그 끝에서 비로소 다음을 만났다.'라는.

마침.

215

한 달은 길지 않은 시간이지. 방학이 늘 그렇듯이. 그렇지만 짧다고 할 수만도 없지. 단 한 달 동안의 사랑이 나머지 평생에 걸쳐 내내 나를 멈칫거리게 할 수도 있다는 사실을 상기한다면.

스무 살, 첫사랑. 개개인에게는 일생일대의 사건이지만 실은 그리 특별하지 않다. 누구에게나 일어날 수 있는 일이니까. 하지만 그 상대가 외국에 사는 이모 집에서 만난 여자라면? 그리고 나도 여자라면. 이마저도 이 이야기의 가장 조마조마한 부분은 아니다. 은재가 스무 해 전과 현재를 오가며 조심스럽게 펼쳐내는 이야기 속에서는 니니와의 사랑과 수키의 회고담, 아인과 세실의 진술과 전언이 얽히고 쌓인다. 하여 이것은 시간에 대한 이야기이기도 하다. 스무 해 전에 은재를 지나간 다시 없을 아름다운 사랑의 그림자와 엇갈림, 그로부터도 스무 해 전에 있었던 닮은꼴 사랑 이야기. 한 입의 과자를 이루는 수십, 수백 장의 겹처럼 각각의 이야기는 개별적인 질감을 지니는 동시에 하나의 진실을 가리킨다. 그건 사랑이었다는, 단순하고도 고통스러운 진실.

《수키와 니니》는 길지 않은 이야기다. 하지만 사랑을, 사랑에 대한 이야기를 생각할 때마다 나는 수키와 니니를 떠올리게 될 것 같다. 코트 주머니 속에 넣어 둔 브로치처럼, 작지만 거의 물성을 지니고 있는 것처럼 분명한 감정을 그러쥐고.

박서련(소설가)

추천의 말

　누군가를 사랑하는 마음을 절대 내보일 수 없는 세상에서 살아야 한다면 어떨까. 아니, 본인도 차마 그 마음을 인정할 수 없어서 도리어 부인할 수밖에 없다면…. 우리는 항상 사랑이 가장 위대하고 가치 있다고 말하고, 또 그렇게 배우지만 우습게도 그 사랑은 항상 세상이 말하는 '정상'에게만 부여되는 듯하다.

　그저 사랑한다고 말하기도 어려웠던 수키와 니니와 나와 같은 사람들이 이 책에서 '사랑'을 이야기한다. 이 소설은 사랑에 대한 기억이면서 동시에 애도이다. 이미 흘러가 버린 사랑이라고 치부하는 대신, 지난 시간을 돌아보고 기억하며 잊힐 이름을 대신 불러주는 이야기이다. 80년대의 수키도, 2000년대의 니니에 대한 기억도 모두 현재의 '은재'가 기억하기에 단지 흘러가 버리지 않고 되살아난다. 우리는 이 기억의 힘을 빌려 누군가 사랑이라고 말하지 못했던 사랑을 충분히 대신 말해줄 필요가 있다. 그 기억과 애도에 대한 애정으로 써 내려간 이 소설 덕분에 우리는 그 사랑을 힘껏, 정말 그것은 사랑이었다고 말해줄 수 있다.

한정현(소설가)

수키와 니니

초판 1쇄 인쇄 2024년 10월 29일
초판 1쇄 발행 2024년 11월 19일

지은이　　박서연

총괄　　　김명래
책임편집　김혜정
디자인　　디자인소요
책임마케팅 김서연 김예진 김소희 김찬빈 박상은 이서윤
　　　　　　최혜연 노진현 최지현 최정연 조형한 김가현 황정아

마케팅　　최혜령, 유인철
경영지원　백선희, 권영환, 이기경
제작　　　제이오

펴낸이　　서현동
펴낸곳　　㈜오팬하우스
출판등록　2024년 5월 16일 제2024-000141호
주소　　　서울특별시 강남구 테헤란로 419, 11층 (삼성동, 강남파이낸스플라자)
이메일　　info@ofh.co.kr

ⓒ박서연 2024
ISBN 979-11-94293-42-2 (03810)

한끼는 ㈜오팬하우스의 출판브랜드입니다.